L'AMOUR EN DOUBLE

DU MÊME AUTEUR
DANS LA MÊME COLLECTION

Œil de serpent, 2011.

Le Sourire de l'ange, 2010.

Double Diabolique, 2008.

JOYCE CAROL OATES *alias*
ROSAMOND SMITH

L'AMOUR EN DOUBLE

*traduit de l'anglais (États-Unis)
par Anne Rabinovitch*

ARCHIPOCHE

Titre original : *Lives of the Twins*
(Simon and Schuster, New York)

www.archipoche.com

Si vous souhaitez recevoir notre catalogue
et être tenu au courant de nos publications,
envoyez vos nom et adresse, en citant ce livre,
aux Éditions Archipoche,
34, rue des Bourdonnais 75001 Paris.
Et, pour le Canada,
à Édipresse Inc., 945, avenue Beaumont,
Montréal, Québec, H3N 1W3.

ISBN 978-2-35287-290-0

Pour Ron L., qui n'est nulle part dans ces pages.

PREMIÈRE PARTIE

1

Comme ils se préparent à dormir pour la première fois dans leur appartement loué au sixième étage des Greenwood Towers, merveille de béton et de verre, après un an de passion, d'indécision, de points d'interrogation et quoi encore... – les méandres de l'amour sont impossibles à décrire – à ce moment délicat, infiniment intime, Molly Marks, à son grand désarroi, surprend son amant Jonathan McEwan en flagrant délit de mensonge.

D'omission, plutôt. Un acte innocent peut-être, une négligence ? Il lui a fait croire qu'il était fils unique – l'enfant de parents reclus, de retraités – mais en réalité il a un *frère jumeau*.

« Nous nous ressemblons comme deux gouttes d'eau », dit-il à contrecœur, sur un ton d'excuse.

Molly le regarde fixement. Elle est muette d'appréhension, de frayeur. Ou bien... n'est-ce pas de l'exaltation... ? « Un *frère* jumeau ? »

Jonathan explique rapidement qu'il regrette de ne pas lui en avoir parlé plus tôt. Il n'avait pas jugé cela très important. « De toute manière, dit-il en évitant le regard de la jeune femme, *il* ne compte guère dans ma vie.

— Je vois, murmure-t-elle lentement.

— Pas plus que je ne compte dans la sienne. »

Il a le visage rouge de culpabilité ; Molly comprend qu'il ment à cet instant. À cette minute ! Bien qu'elle soit une menteuse éhontée – surtout par nécessité – elle est stupéfaite par la transformation de son amant. Le Dr Jonathan McEwan, un homme si intègre dans sa vie professionnelle et privée, adversaire de toute forme d'hypocrisie… comment peut-il mentir ? Et pourquoi ?

Peu habitué à dissimuler, il le fait maladroitement. La jeune femme remarque aussitôt qu'il semble éprouver une forte rancune.

« Il s'appelle James. Mais j'ai dû te le dire…

— James ? répète Molly. Non. Je l'ignorais. »

Il s'interrompt comme s'il s'agissait d'une information d'une grande profondeur. « … Nous ne sommes pas très proches, comme je te le disais.

— Je vois », répond-elle prudemment.

Elle se demande pourquoi cette révélation, maintenant, le soir de leur emménagement dans l'appartement qu'ils ont décidé de louer ensemble ; alors qu'ils sont épuisés et ravis par l'activité intense du week-end – pourquoi Jonathan a-t-il tenu à évoquer ce sujet. Elle réfléchit à ce qu'elle va dire (« Il n'est pas nécessaire d'en parler à présent, chéri ») quand il poursuit : « Tu voudras faire un jour sa connaissance, je suppose… »

Je l'ai déjà rencontré ! songe brusquement Molly. Mais elle se tait. C'est une jolie femme qui sait cacher sa perspicacité quand il le faut ; sinon cela te jouera des tours, lui a dit, moqueur, un ancien amant. Elle aime Jonathan McEwan plus qu'elle n'a jamais aimé aucun homme et elle ne souhaite pas l'impressionner par son intelligence.

Elle s'appuie contre lui en manière de jeu, elle enfouit son visage dans sa poitrine. Ils sont seuls dans leur nouvelle chambre à coucher, enfin chez eux, tout est neuf et innocent, il est plus de minuit, Molly ne supporte pas l'expression angoissée de son amant (« Nous ne sommes pas très proches »), elle se serre contre lui comme une petite fille qui veut être rassurée et il l'étreint, il le fait toujours à ces moments-là, même s'ils se sont disputés.

(Ce geste – une tactique ? – permet à Jonathan Mc-Ewan, qui mesure un mètre quatre-vingt-dix et pèse le double de son poids, de se montrer tendre et protecteur. Un système subtil de séduction que Jonathan, bien qu'il soit psychothérapeute et analyse admirablement les motivations des autres, ne saurait pas définir.)

Il l'entoure de ses bras et pose la joue sur le sommet de sa tête. Il est perturbé, songe Molly, mais pourquoi ? Pourquoi *aujourd'hui* ? Elle l'aime et croit le connaître mieux qu'elle-même... Est-ce vraiment le cas ? Il est timide, mais a tendance à se mettre facilement en colère. Brillant dans sa profession, parfois désarmé face à des questions d'ordre personnel, intime. (« Plus tu analyses tes raisons d'aimer, moins tu les comprends », dit-il une fois à Molly d'un ton si sérieux, si touchant qu'elle n'ose pas rire.) Elle sait qu'il éprouve pour elle beaucoup d'amour, mais peut-être ne la connaît-il pas.

D'une voix qui la saisit tant elle est dure, plaintive, éloignée de l'atmosphère dont elle avait rêvé, Jonathan dit : « Il ne compte plus dans ma vie. Ni moi dans la sienne. » Il s'interrompt, puis : « ... Je parle de James, bien sûr.

— Je comprends », chuchote-t-elle. C'est peut-être la vérité.

Dehors il a commencé à pleuvoir ; Molly frissonne dans les bras de Jonathan. Elle croise les doigts dans son dos, elle aime le contact de sa peau lisse, sa tiédeur, cette chair qui lui appartient, ils sont amants et fonderont bientôt une famille. Jonathan n'a pas encore parlé de mariage, ni Molly, il faut attendre le bon moment...

Bientôt. Entre tous ceux, trop nombreux, qu'elle a connus, c'est lui qu'elle épousera.

Pour égayer son humeur, chasser cette ombre menaçante, elle le pince violemment. Souvent, dans les minutes fulgurantes qui précèdent l'amour, Molly est brutale, joueuse – elle aime surprendre et être surprise, « maîtrisée »... dans une certaine mesure. Pour une femme aussi menue elle a une force étonnante. Il y a un an, elle a fait une grande impression sur le Dr McEwan en entrant dans son bureau comme patiente (bien que Jonathan préfère le terme « cliente »), le visage pâle, sans maquillage apparent, l'air angélique, les cheveux noirs, ondulés, tombant jusqu'à la taille, paraissant âgée de dix-sept ans et non de vingt-sept, vêtue d'un jean délavé moulant et d'un T-shirt blanc à côtes sans rien dessous. La poignée de main énergique et rapide, les bras fermes, musclés. Sur l'épaule gauche, au lieu d'une trace de vaccination, était tatouée une minuscule rose écarlate avec une profusion de détails – le feuillage, les épines... – que le Dr McEwan a contemplé durant presque toute la séance. Quand Molly a pris congé, il n'a pu s'empêcher de demander : « Mademoiselle Marks... ce tatouage sur votre bras... est-il réel ? » Molly a baissé les yeux timidement, ravie. Elle avait déjà pris sa décision concernant le Dr Jonathan McEwan. « Aussi réel que moi-même », a-t-elle répondu.

Petite fille, Molly Marks se faisait parfois peur en espionnant son père à son insu. Quand il se croyait seul. Assis dans son bureau, lisant le journal avant le dîner, dégageant la neige de l'allée, regardant par la fenêtre le jour blafard d'hiver se fondre dans la nuit... Elle se cachait pour surveiller M. Marks comme s'il avait été un étranger, un homme qu'elle n'avait jamais rencontré et qui *ne la connaissait pas*. Cette seule pensée la glaçait, elle en restait toute tremblante, mais avec le recul elle se rendait compte de l'excitation qu'elle avait dû ressentir. Elle se préparait ainsi à entrer dans un monde discordant, impersonnel, habité par des hommes qui la considéraient avidement, sans la reconnaître.

Elle eut l'horrible confirmation de cette terreur d'enfance un jour de printemps à Manhattan quand elle aperçut Jonathan McEwan dans la rue – désormais son amant, non son thérapeute – et qu'il ne parut pas savoir qui elle était. Elle se trouvait dans la ville pour la journée, à une heure de voiture de Lindesfarne, Connecticut, où elle et Jonathan vivaient ; elle ignorait qu'il devait aussi y venir, et en fut blessée. (Ils projetaient souvent de se rendre à Manhattan mais au dernier moment il se passait toujours quelque chose : une tentative de suicide d'un patient-client ; une conférence qu'il n'avait pas fini de préparer ; un drame – il y en avait tant ! – dans la vie d'un ami.) Elle fut intriguée qu'il ne lui eût rien dit de cette visite mais il répugnait à parler de sa vie privée – de son passé, plus précisément – et Molly comprenait qu'elle ne devait pas se montrer trop curieuse : c'est une erreur tactique de laisser un homme croire que vous êtes plus soucieuse de lui qu'il ne l'est de vous.

Jonathan traversait obliquement la 57e Rue en direction de Molly mais il ne parut pas la voir, la tête baissée, les mains enfoncées dans les poches de sa veste de sport en tweed, avec cette façon d'étirer le tissu qui donnait même aux vêtements neufs un air usagé ; il portait une cravate turquoise qu'elle croyait lui avoir offerte mais elle n'avait jamais vu ces chaussures italiennes coûteuses et il lui sembla que son épaisse chevelure grisonnante, ébouriffée par le vent, était plus longue que dans son souvenir. Il approchait la tête en avant, les épaules un peu voûtées, quand il leva les yeux vers Molly elle vit que c'était Jonathan bien qu'il semblât – étrangement, à un point terrifiant – être un autre. Il la vit, il ne put éviter de la voir (elle souriait, agitait la main) mais il ne réagit pas, il n'eut pas un geste de reconnaissance, d'amitié. Il poursuivit son chemin.

Peut-être était-elle invisible – le regard de Jonathan la traversa sans marquer le moindre intérêt.

Elle appela d'une voix hésitante : « Jonathan… ? »

Elle dit même tout bas : « Jonathan, c'est Molly… »

Il ne se retourna pas.

Il *s'agissait* sûrement de Jonathan McEwan qui jurait l'aimer… ? Un homme de trente-cinq ans environ, grand, les épaules larges, le teint mat, les sourcils épais, le nez busqué, les yeux enfoncés à l'expression endormie qui rappelaient une statue antique… un visage insolite, elle ne pouvait le confondre avec un autre.

Ce fut l'un des moments profonds de l'existence de Molly ! Comme le coup de téléphone de son père lui annonçant que sa mère était mourante… comme l'appel du centre de santé de Cambridge, Massachusetts, informant Molly Marks que son test de grossesse était positif (une erreur, un imbécile avait confondu son échantillon d'urine avec celui d'une autre fille)… comme l'expression d'une cousine qui l'avait coincée dans un escalier du lycée, disant : « Il paraît que tu répands des ragots sur mon compte. » (Ce qui était la stricte vérité.) Elle resta debout sur le trottoir, suivant du regard l'homme qu'elle aimait, choquée comme si quelque chose éclatait dans son cerveau – les ailes blanches, énormes d'un oiseau, la naissance de la folie.

Elle se retint de courir après son amant, de le suivre même – elle le regretta par la suite ; elle ravala ses larmes pour ne pas abîmer son maquillage, tamponnant ses joues avec un mouchoir ; elle ne se confia pas à l'ami qu'elle retrouva pour le déjeuner au musée d'Art moderne – un vieil ami homosexuel d'une extrême beauté qu'elle avait connu à Provincetown – quand il lui prit les mains avec un sourire, la regardant dans les yeux d'un air inquiet, demandant : « Molly, es-tu heureuse ? Je le souhaite. »

Elle ne fit rien de tout cela mais elle était terriblement ébranlée. Elle s'interrogea par la suite : dans l'agitation incessante de Manhattan, sa présence avait-elle perdu tout impact sur Jonathan McEwan pour une raison d'ordre… neurologique ? Ne pouvait-il la voir, la reconnaître que dans un cadre familier ? Certes il était très distrait ; il passait le plus clair de son temps à penser. Elle se souvenait de ces expériences en psychologie où on montre très vite au sujet des cartes qui doivent être identifiées dans des contextes ou des séquences inhabituels. Même si on est prudent, on finit toujours par se laisser tromper.

Elle ne voulait pas penser ; peut-être avait-elle inventé sa liaison avec Jonathan McEwan – les moments passés ensemble, les conversations, les nuits d'amour – et ne la connaissait-il pas du tout. *Elle*.

Quand Molly ouvrit la porte de son appartement ce soir-là le téléphone sonnait déjà, c'était Jonathan McEwan, il se comportait comme si rien ne s'était passé ; il demanda, avec juste la nuance appropriée d'espoir, de doute, d'anxiété, s'il pouvait encore la voir ce soir ? Ou bien était-il trop tard ?

Non, répondit Molly d'une voix égale. Bien sûr que non.

Pragmatique, elle décida qu'elle avait pris un autre homme, un inconnu, pour Jonathan. Aussi simple que cela. Un parent McEwan, peut-être. Un frère ? (Mais à sa connaissance, Jonathan n'en avait aucun.) Ou bien : il la préoccupait si fort à cette période de leur relation, elle souhaitait si ardemment partager son avenir avec lui, ne pas avoir commis une erreur de plus, qu'elle l'avait confondu avec quelqu'un qui ne lui ressemblait pas vraiment – ainsi, il lui arrivait de voir des gens qui avaient disparu de sa vie (surtout sa mère, morte depuis sept ans, mais aussi d'autres parents, des amis d'un passé lointain qu'elle n'avait pas revus depuis l'enfance). Quand elle avait passé un été seule en Europe après une rupture Molly s'était sentie si abandonnée qu'elle ne cessait de découvrir des visages familiers… quand elle s'approchait, elle constatait son erreur. Elle se demande s'il existe un terme clinique pour désigner cette aberration, une sorte d'hallucination visuelle ou mentale. Peut-être est-ce grave ?

Molly ne raconte jamais à Jonathan l'incident de Manhattan, même sous la forme d'une petite anecdote amusante. Elle a une notion aiguë de l'ego masculin ; une chose fragile, un oiseau plumé qui frémit dans votre main, dont les minuscules veines palpitent. Bien que Jonathan McEwan soit doux, modeste, et possède un solide sens de l'humour, elle ne veut pas l'offenser, même un instant, en lui laissant croire qu'elle l'a confondu avec un autre. Il existe un seul Jonathan McEwan… et, croit-elle, une seule Molly Marks.

Consciente de son amour aveugle pour lui, Molly est persuadée qu'il est un homme exceptionnel. Son idéalisme la stupéfie. Son zèle à la manière d'autrefois. C'est un saint, disent les gens. (Il travaille trop dur, il « se donne » trop.) Il croit passionnément à son métier – à la capacité du thérapeute d'aider les êtres perturbés –, d'après lui les hommes et les femmes ont en eux non seulement la santé de l'esprit mais le pouvoir de création ; et peut-être même – selon l'environnement et le hasard – la grandeur. Il ne croit pas à la tendance naturelle de l'homme vers la mélancolie, la résignation, le stoïcisme chers à Freud et à ses disciples, mais à l'aptitude au bonheur. À la santé comme idéal rationnel.

La « névrose » est donc essentiellement la conséquence d'une pensée empirique. Même la personne la plus égoïste cherche à considérer le monde indépendamment de l'usage qu'elle en fait. (« Moi aussi ? » demanda Molly quand Jonathan le lui assura pour la première fois. « Moi aussi ? ») Il lui expliqua que le salut émotionnel et spirituel était lié à cette révélation, que l'univers – les autres – existe en dehors de notre perception d'eux : « Après tout le terme "psychologique" évoque simplement l'âme – "Psyché". » Il parlait sérieusement, avec passion. Une étrange façon de s'exprimer pour un thérapeute, se disait Molly dont les yeux s'emplissaient de larmes. Maintenant que Jonathan McEwan est son amant il ne lui raconte plus aussi souvent ces choses-là.

Molly Marks et Jonathan McEwan ont loué un appartement au sixième étage d'un nouveau gratte-ciel de Lindesfarne – baptisé Greenwood Towers par les promoteurs, « résidence de luxe » d'après les publicités. Des murs blancs lisses, impressionnants, de bons planchers, une cuisine superbe et un petit balcon donnant sur un parc miniature. C'est la première fois, répète joyeusement Jonathan, qu'il vit avec quelqu'un. La première fois qu'il est réellement amoureux.

Molly enfouit son visage brûlant dans sa poitrine. « Oh oui, dit-elle. Moi aussi. »

Il a moins de vêtements qu'elle mais ils sont épais et prennent beaucoup de place dans le placard de la chambre. Il a moins de livres, reliés et de grand format pour la plupart – tandis que Molly possède seulement des ouvrages de poche, qui tiennent aisément dans des sacs à provisions. Les meubles appartiennent à Jonathan, Molly avait tout acheté d'occasion et elle refuse de garder ces vieilleries dans sa nouvelle vie. Sur son insistance il a apporté ses deux tortues qu'il gardera au fond d'un bac dans la deuxième pièce qui lui sert de bureau ; Molly a jugé opportun de se débarrasser de son chat Saint-Ives parce que son amant ne semble guère apprécier ce genre d'animal. Il a des tendances mytophobiques, dit-il, elle s'est affolée jusqu'au moment où elle a vérifié le terme dans le dictionnaire.

La première fois que Jonathan lui a montré ses tortues elle n'a pas su comment réagir. Elles sont d'une beauté saisissante avec leur haute carapace colorée mais... aimer des *tortues* ? C'étaient des *Terrapene carolina*, il les avait sauvées dans une zone marécageuse qui allait être envahie par les bulldozers et comptait les remettre bientôt en liberté. Enfant il avait élevé différentes sortes de tortues et de poissons exotiques mais il n'avait plus de temps à consacrer à cela. Molly se pencha au-dessus des tortues dans leur bac en verre et se demanda si les bêtes hideuses étaient conscientes de sa présence ou si elles se moquaient d'elle. « Il n'y a guère de raison de s'attacher à ces animaux, dit-elle, tu ne risques pas d'avoir le cœur brisé quand l'une d'elles mourra. » Elle rit à perdre haleine, sachant malgré tout que sa plaisanterie n'était pas des plus drôles. « ... Tu ne t'en apercevras même pas. » Jonathan fut assez généreux pour ne faire aucun commentaire.

(Il lui avait expliqué auparavant, quand ils avaient encore des rapports de psychothérapeute et de cliente, que ses mots d'esprit continuels et le rire nerveux qui les accompagnait invariablement étaient des signes courants d'anxiété, qu'il valait mieux ignorer.)

Leur décision de vivre ensemble dans un nouveau lieu, un terrain neutre en quelque sorte, avait été prise après mûre réflexion, surtout de la part de Jonathan. (Molly eût été prête à s'installer avec le Dr McEwan au bout d'une période scandaleusement brève... deux, trois semaines ?) Jonathan est visiblement très amoureux d'elle mais il est très absorbé par son travail. Quatre jours de clientèle privée, un cinquième consacré à des consultations dans un dispensaire gratuit des quartiers pauvres où la plupart de ses patients – au sens véritable du mot – sont des femmes noires et leurs enfants. « Comment t'en sors-tu ? » demanda Molly peu après être devenue sa maîtresse et Jonathan, la regardant avec un sourire de stupéfaction, répondit : « De quoi ? De mon travail ? »

Molly sait que des hommes, et sans doute des femmes, sont intoxiqués par leur amour démoniaque du travail ; le besoin d'être perpétuellement en mouvement au détriment, parfois, de leur vie « personnelle ». (Molly n'a-t-elle pas été fascinée par l'expérience du théâtre... au moins le temps d'une pièce à succès ?) Aucun emploi ne lui plaît maintenant et elle envie à son amant son énergie, son perfectionnisme, sa concentration. Jonathan travaille sans arrêt : il réfléchit, il calcule, il médite. La plupart de ses patients sont de jeunes cadres de son milieu, dont le problème essentiel est « l'obsession de plaire » et « l'affolement de ne pas savoir à qui ».

Molly craint que Jonathan ne se laisse dévorer vivant par ses malades ; elle s'écrie qu'il se consume à leur service. Il ne supporte pas qu'on lui dicte sa conduite et répond sèchement que ce concept est un cliché inventé par des êtres sans passion.

« Je suis désolée », répond Molly, le visage en feu comme si elle venait de recevoir une gifle. Elle a quitté cinq ou six emplois en quatre ans, par fierté, et se sent particulièrement visée.

Ce week-end, tandis qu'ils emménagent dans l'appartement, elle remarque que Jonathan est gagné peu à peu par un calme inhabituel... qu'il se renferme. C'est un homme paisible de nature, taciturne, le mot « saturnien » conviendrait mais Molly l'utilise rarement dans la conversation courante : elle préfère ne pas paraître trop brillante. (D'ailleurs elle a découvert que Jonathan n'est pas né sous le signe de Saturne. Elle-même est Gémeaux et n'accorde aucune importance à ces sottes superstitions.) Les patients de Jonathan parlent inlassablement, fouillant dans les maigres braises de leurs échecs, de leurs déceptions – tels les catholiques d'autrefois confessant gravement, semaine après semaine, la liste infinie de leurs péchés. Avec eux Jonathan a adopté une attitude impassible, à la fois objectif et impartial, très présent, toujours disposé à montrer de la sympathie : Molly se souvient d'avoir levé brusquement les yeux vers lui, les cils bordés de larmes, et le cher homme la regardait, l'air bouleversé. Peut-être se comportait-il ainsi seulement avec elle, dont il était tombé amoureux.

Ce soir Molly est sensible au changement d'humeur de Jonathan, elle continue de bavarder gaiement comme à l'ordinaire, heureuse d'être l'élément dynamique de leur relation aussi souvent qu'il le faut. Elle se considère toujours comme une actrice, bien qu'elle n'ait pas joué depuis longtemps – elle ne veut pas savoir quand. Elle a été modèle à une époque mais pas mannequin, comme elle omet généralement de le préciser. (Elle a posé pour des artistes et des photographes, uniquement lorsqu'elle avait besoin d'argent.) Elle joue facilement la comédie, elle préfère cela à être elle-même (peu importe ce que cela signifie). Depuis l'enfance où elle charmait tout le monde, la famille de sa mère en particulier, Molly sait se lancer dans d'amusants monologues pour séduire ou distraire les autres alors qu'elle écoute à peine ses propres paroles. Elle juge de l'effet produit sur son public et ne prend pas la peine de réfléchir à ce qu'elle dit. Une fois, se souvient-elle à présent, elle a réellement imaginé qu'elle *avait* une sœur jumelle ; l'autre fille parlait tandis qu'elle, Molly, la regardait en spectatrice. Il est important, elle le sait, d'être attentif aux réactions des autres, et aussi à leur silence.

Elle comprend que Jonathan commence à avoir peur d'elle. De se trouver seul avec elle dans ce nouveau cadre – cet appartement chaste aux murs blancs. Dans le passé, bien avant l'aube il se glissait hors du lit de Molly, l'air coupable, et rentrait chez lui. Maintenant il *est* à la maison.

Jonathan débouche une bouteille de champagne, debout sur le minuscule balcon ils lèvent des toasts à leur avenir et échangent des baisers. L'air de la nuit est vif pour un début d'été. Que je suis heureuse, pense Molly. L'odeur des feuilles humides et de la terre, puissante, merveilleusement romantique d'après elle. Cela lui rappelle autre chose que la promesse de l'amour – l'enfance ; des souvenirs incohérents comme le rêve. Elle est dans les bras de sa mère, bien au chaud, elle blottit son visage dans sa poitrine. Je t'aime, pense-t-elle. « Je t'aime », chuchote-t-elle. « Moi aussi », dit Jonathan en l'embrassant.

Dans la cuisine étincelante, au milieu des cartons de vaisselle, ils dévorent les plats achetés chez un traiteur à même les récipients, la nourriture est délicieuse, ils ont une faim de loup. Molly lance des regards obliques à Jonathan, admirant son profil sévère, ses yeux aux cils foncés, sa lourde mâchoire assombrie par un début de barbe – comme un reflet noir sur la peau. Elle aime cet air solennel… cette dignité… la mélancolie (ancestrale ?) qui plane sur les moments les plus heureux. Les plus abandonnés. L'amour pour Molly, l'extase éprouvée avec elle, lui procurent la plénitude… brièvement, de façon fugace. Elle le considère comme un homme solide, profond, un homme de poids, très différent des amants inconsistants qu'elle a connus dans le passé.

Elle n'a jamais été aussi heureuse de sa vie.

Peut-être est-ce le début, en fait, d'un bonheur immense, insondable ?

« Je voudrais que ce moment dure toujours, dit-elle à Jonathan.

— Avec tous les cartons à déballer demain matin ? répond-il.

— Oui, absolument », s'écrie Molly.

Ce soir-là comme ils s'apprêtent à se coucher il lui apprend l'existence de son frère jumeau. Molly le considère stupéfaite. Mais bien sûr.

« Il s'appelle James. »

Jonathan évite de rencontrer son regard, comme s'il avouait une chose honteuse. Il parle d'une voix traînante qu'elle n'a jamais entendue auparavant – le débit lent, l'articulation molle, sans aucun rapport avec son ton normal ni avec sa voix professionnelle. Il est coupable de l'avoir trompée et il paraît très soucieux, voit-elle, à l'idée qu'elle voudra être présentée à son frère.

Bien sûr il ne dit rien de tout cela. Il explique que ses parents sont à la retraite et vivent en Arizona ; il n'est pas enfant unique, il a un jumeau qui lui ressemble comme une goutte d'eau, comme « l'image du miroir », avec lequel il n'a guère de rapports depuis une quinzaine d'années. Quand Molly lui demande pourquoi il ne lui en a jamais parlé, il répond qu'il jugeait cela sans importance.

Cela *ne compte pas pour moi*, ajoute-t-il.

Il a un ton d'excuse, un ton défensif. La jeune femme continue de le fixer avec étonnement. Elle revoit en imagination l'autre Jonathan tel qu'il s'est matérialisé dans la rue – elle revoit la façon dont il l'a regardée sans la voir, sans marquer le moindre intérêt, quand il l'a croisée. Comme s'ils ne se connaissaient pas, n'étaient pas amants... Molly se souvient d'avoir prononcé son nom comme un talisman magique pouvant rétablir le contact ; Jonathan. L'homme s'appelait James.

Elle a un instant de vertige, comme si pour la seconde fois une explosion terrifiante allait se produire dans son cerveau. Jonathan la regarde, il attend qu'elle parle. Tout ce qu'elle pourrait dire dans ces circonstances, qui semblerait ordinaire, sonne faux à ses oreilles. Bien que le moment soit certainement venu de lui annoncer que par le plus grand des hasards elle *a vu* son frère, elle se tait. Au lieu de cela elle murmure : « Il n'est pas nécessaire d'en parler. »

Nu, Jonathan a une allure d'ours, un corps ferme, couvert de poils sombres et frisés très abondants sur la poitrine et le bas-ventre. Il est sain, mais pas sportif ; il ne trouve que le temps de faire quelques marches, le plus souvent sur l'invitation de Molly. Sa tête massive paraît mieux proportionnée quand il est dévêtu. Son sexe d'une belle couleur foncée fait contrepoids, semble-t-il. Il se tient les pieds légèrement écartés, ses orteils s'accrochent à la moquette. Une présence formidable, pense Molly troublée, gagnée par l'excitation. Quand elle l'étreint, glissant les bras autour de sa taille, elle pense : C'est aussi James.

Quand ils font l'amour – dans le lit de Jonathan et les draps récemment achetés par Molly – ils sont silencieux comme toujours, plus attentifs, plus tendres que d'habitude, pleins de sollicitude pour l'autre. Après ils restent éveillés, écoutant la pluie tambouriner aux fenêtres, un bruit très différent, songe Molly, de celui qu'elle entendait dans son ancienne chambre.

Étendu auprès d'elle, Jonathan lui étreint la main comme s'ils posaient pour une photo ou faisaient partie d'un bas-relief sur une tombe. Sa respiration laborieuse s'apaise lentement, la chaleur qu'il dégage est inhabituelle. Il dit qu'il l'aime et veut la rendre heureuse, est-ce qu'elle lui en veut... de ne pas lui avoir parlé de son frère ? Molly répond que non, bien sûr. Elle l'aime énormément. Puis il y a un silence, elle se sent brusquement un peu saoule, la tête lui tourne – l'effet de l'amour, la bouteille de champagne. Elle saisit la chevelure humide de son amant et chuchote à son oreille : « Es-tu Tweedledum ou Tweedledee ? »... Pendant un moment Jonathan paraît choqué, offensé mais il pouffe de rire, soulagé.

« Tweedledee, je suppose, puisque je suis né le second. Et j'ai toujours été ce qu'on appelle le "second" jumeau. »

Il parle avec un tel ressentiment que Molly comprend qu'elle doit changer de sujet. Elle lui assure qu'elle ne lui demande pas de tout lui dire sur lui et sa famille ; elle respecte son intimité. « Tout ce qui m'intéresse, ajoute-t-elle d'un ton léger, c'est de savoir si tu as déjà été marié.

— *Pas moi* », répond-il. Cela suppose-t-il que James l'ait été ?

Peut-être, songe Molly, son amant s'est-il senti obligé de lui avouer l'existence de son frère jumeau parce qu'ils vont vivre désormais dans un semblant de mariage ; ils sont devenus un couple visible, une entité. Peut-être a-t-il l'impression qu'elle a remplacé son frère ? Ou que son jumeau pourrait en vouloir à Molly ? (Si les deux hommes ne se voient plus – comme il le semble – c'est hors de question.) Ils ont eu une brouille il y a dix ans, explique-t-il, mais ils avaient cessé d'être en rapport depuis déjà très longtemps et même enfants, ils n'étaient pas intimes comme doivent l'être, selon les gens, de vrais jumeaux. « Partager les mêmes gènes, dit Jonathan, ne signifie pas qu'on ait autre chose en commun. »

Molly demande en hésitant s'il peut lui décrire James, il hausse les épaules : « Vraiment, cela fait dix ans que je ne l'ai pas vu. Et presque aussi longtemps que je ne lui ai pas parlé.

— Que s'est-il passé entre vous ?… Tu ne veux pas me le dire ?

— Non. »

Elle s'écrie impulsivement : « C'est aussi un psychothérapeute ?

— C'est une question sérieuse, Molly, ou l'une de tes plaisanteries ?

— Une question sérieuse, répond-elle blessée.

— Non, dit-il, je ne crois pas. Je pense que tu te moques de moi. »

Il s'assied brusquement et sort ses jambes du lit. Molly pense, désespérée, qu'il va rentrer chez lui – ayant oublié où il se trouve.

Jonathan cherche ses cigarettes dans le noir. Il en allume une, va à la fenêtre, tournant le dos à Molly. La pluie ne s'est pas calmée. Il est 2 heures du matin. « Tu ferais mieux de te recoucher et de dormir », dit-elle avec une sollicitude d'épouse. Se sentant légèrement inquiète.

« Je regrette de t'avoir offensé, poursuit-elle. C'était une question spontanée que n'importe qui aurait posée, ton frère ne m'intéresse pas vraiment... pas plus que s'il était simplement ton frère et non ton jumeau. Viens...

— En réalité il *est* psychothérapeute, dit Jonathan. Il a décidé de le devenir après avoir essayé autre chose sans succès – simplement pour *me* tourner en ridicule. Quand nous étions petits il dominait toujours – pour utiliser un langage technique – et je me soumettais, mais j'avais la conviction, même à l'âge de deux ou trois ans, que je lui permettais de l'emporter dans des domaines me paraissant insignifiants. C'était un pouvoir que je m'accordais – à l'école, par exemple. Il se donnait du mal pour s'imposer, pour devenir populaire, d'une façon qui ne m'intéressait pas. Il s'est toujours soucié d'être aimé, d'exercer une influence, d'avoir des amis d'un certain rang – tu vois le genre. » Jonathan parle vite, son ton s'échauffe. « Nos parents ont commis l'erreur de nous envoyer dans la même école. »

Molly allume la lampe de chevet et s'assied, tirant les couvertures autour d'elle. Elle est si petite, l'air désolé avec ses cheveux dans la figure, l'expression si douce... Elle sait exactement ce qu'elle inspire... mais Jonathan n'y prête pas attention. « Je n'aurais pas dû aborder ce sujet ce soir, dit-il. Ce n'est pas ta faute, bien sûr. C'est la mienne. Ta question est parfaitement raisonnable, je n'ai aucune raison de m'en offenser. » Puis, après une pause : « Les gens ont des notions si absurdes sur les jumeaux ! Ils pensent que nous sommes reliés “psychiquement” par exemple. Que chacun de nous connaît l'esprit de l'autre – ce genre de sottise. C'était peut-être vrai dans un sens limité, quand nous étions bébés – je ne m'en souviens pas mais on raconte que nous

nous sucions mutuellement le pouce au berceau, que nous pleurions à tour de rôle pour appeler maman, que nous avions inventé un langage que personne d'autre ne comprenait – il me semble que deux enfants passant autant de temps ensemble, grandissant au même rythme, dans le même environnement, ne peuvent se comporter autrement. De toute façon je ne me le rappelle pas. »

Molly écoute, son cœur bat très vite. Elle devine que Jonathan regrettera un jour de lui avoir dit tout cela mais elle écoute avec une grande attention. L'heure tardive, la fatigue du déménagement, le champagne, les ébats amoureux, la pluie… Elle regarde avidement son amant qui arpente la pièce, nu, comme s'il était absolument seul. Molly ne l'a jamais entendu parler aussi longuement de lui, elle ne l'a jamais vu dans cet état. Il lui demande si elle sait ce que sont des jumeaux qui se ressemblent comme dans un miroir, elle répond non, pas vraiment, elle peut l'imaginer : « Si vous vous tenez côte à côte vous avez l'air séparés par un miroir ?

— Non, dit Jonathan. Notre visage apparaît légèrement dissymétrique, mais si l'un de nous se regarde dans la glace tandis que l'autre fait face aux autres on s'aperçoit qu'il y a très peu de différence. » Il marque un temps. « Bien sûr, *nous* la voyons. »

Molly rit. Peut-être n'est-ce pas drôle ?

Il la regarde avec un sourire moqueur. « Je n'ai pas vu James depuis longtemps. Mes parents non plus. Peut-être est-il méconnaissable.

— Où vit-il ? demande prudemment Molly.

— … Je suis gaucher, tu le sais, dit Jonathan comme s'il n'avait pas entendu, James est droitier. Nos cheveux frisent dans le sens inverse. Il avait des caries à gauche de la mâchoire, moi à droite. La vision de son œil gauche est un peu plus faible, pour moi c'est le contraire. L'été de nos dix ans je me suis fracturé la cheville droite à vélo et quelques semaines plus tard il est tombé de bicyclette et s'est cassé la cheville gauche. Bien sûr c'était un accident. Deux accidents.

— Bien sûr », répond Molly en souriant. Mais il n'avait aucune intention de la faire rire.

« Il y a eu beaucoup de coïncidences similaires dans notre vie, poursuit Jonathan..., je veux dire dans nos vies. Elles sont d'ordre mineur. Probablement James et moi avons-nous moins de choses en commun que des frères ordinaires mais comme nous sommes nés jumeaux les gens s'attendent à ce que nous soyons semblables – il y a cette tendance à l'exagération, au mythe. Nous avons les mêmes gènes, les autres trouvent cela très romantique...

— Attends, dit Molly. Qu'est-ce que cela signifie exactement ?

— Comment veux-tu que je le sache ! s'écrie Jonathan avec un rire d'irritation. Dans un sens c'est un mystère. Les généticiens admettent qu'ils ignorent en quoi consiste le code génétique ; ils savent seulement qu'il existe un processus, un développement. À son niveau le plus primaire la science est une métaphore poétique. Ainsi les physiciens face à l'atome, à ses particules et aux particules qui les constituent... Et les astrophysiciens face à l'univers... aux univers... à tout ce qui *est*. On finit par se demander de quoi il s'agit et si cela peut s'intégrer dans une vision saine du monde. »

Frissonnante, Molly pense : Oh oui.

Après cela Jonathan éteint sa cigarette et revient se coucher. Son excitation, sa colère sont brusquement tombées, il a la peau moite. Il semble vidé. Il dit, comme si Molly discutait avec lui : « Je ne pardonnerai jamais à James... Il ne faut pas compter là-dessus. S'ils savaient ce qu'il a fait, dans quelle histoire il m'a embarqué…

— S'il te plaît, intervient Molly qui commence à être effrayée. Je pense que tu ferais mieux de cesser d'en parler ce soir.

— Je ne veux plus *jamais* en parler », répond-il.

Il dort au bout de quelques minutes. Molly lui en est infiniment reconnaissante.

Le lendemain et les jours suivants, Jonathan n'aborde plus le sujet de James. Molly n'a aucune intention de l'y encourager.

2

C'est le début de septembre et Molly Marks, qui nage dans un bonheur idyllique même si elle n'est pas toujours à l'aise dans sa nouvelle vie – non seulement elle partage maintenant l'existence de Jonathan McEwan, mais elle travaille dans une petite société de relations publiques à Lindesfarne –, se prépare à commettre une erreur dont elle est à moitié consciente, incapable pourtant d'en prévoir l'ampleur et les conséquences.

Cela ne nuira à personne, songe-t-elle. Qui en éprouverait de la peine ?... Jonathan ne le saura jamais.

Elle compose le numéro griffonné sur une feuille de papier et écoute avec une excitation intense la sonnerie à l'autre bout de la ligne. Elle s'attend à entendre une voix d'homme et est saisie quand une femme répond d'un ton aimable : « Ici le bureau du Dr McEwan, qui est à l'appareil ? » Molly hésite et dit : « Je... je ne suis pas une patiente du Dr McEwan, du moins pas encore... je lui ai été recommandée...

— Oui, reprend la secrétaire toujours agréable, quel est votre nom ? Et celui de la personne qui vous envoie ? »

Molly se demande si elle doit raccrocher.

« Je m'appelle Holly Hawkes, dit-elle d'une voix plus forte, et je n'ai pas de réelle recommandation pour le Dr McEwan. Un ami m'a suggéré de prendre rendez-vous avec lui...

— Quel est son nom ?

— Ce n'est pas précisément un ami, plutôt une relation... Je crois qu'il s'appelait Herschman, ou Hershberg...

— Et comment définissez-vous votre problème, mademoiselle Hawkes ? » dit la femme avec amabilité.

Molly pense de toutes ses forces. Elle se souvient de la sensation qu'elle éprouvait quand elle s'apprêtait à sauter du plongeoir le plus haut – une terreur mêlée de joie, d'euphorie. (Adolescente elle avait été une bonne plongeuse – elle rêvait d'atteindre le niveau d'une équipe olympique mais elle n'avait eu ni l'entraînement ni l'ambition nécessaires pour ce type de performance.) Elle ressent ce vertige en ce moment même et se rend compte que c'est ce qui lui manque depuis si longtemps.

« Mon problème... ? J'en ai trop pour les définir », dit-elle.

La réceptionniste ne réagit pas à sa plaisanterie. D'ailleurs ce n'en est pas une, pense Molly.

Fermant à demi les yeux, en équilibre sur la pointe des pieds, elle dit : « J'espérais que le Dr McEwan aurait pu m'aider », elle s'élance, agile comme une danseuse, elle court jusqu'à l'extrémité de la planche, elle bondit dans le vide.

Bien entendu James McEwan est un homme occupé, comme son frère Jonathan : Molly Hawkes n'obtient pas de rendez-vous avant trois semaines.

Cela me donnera le temps de changer d'avis, songe-t-elle.

Molly Marks... ! Traînant son passé derrière elle comme une natte serrée, une lourde queue d'animal.

Elle s'imagine au présent pour ne plus penser à ce qu'elle était avant. Elle est trop jeune, croit-elle, pour avoir un passé.

Elle n'a jamais subi d'avortement – Dieu merci : c'est si commun par les temps qui courent et Molly redoute d'être comme tout le monde. Elle n'a eu ni bébé ni fausse couche, elle n'a été ni mariée ni divorcée, elle n'a perdu aucun ami ou amant qu'elle n'ait été prête à voir disparaître de sa vie depuis le début. (Elle se vante de partir la première. Parfois en catastrophe !) Elle n'a jamais souffert de maladie grave – de temps en temps, a-t-elle dit à Jonathan McEwan et confiera-t-elle, par souci de symétrie, à James McEwan, elle se sent « déprimée ». Mais certainement pas suicidaire.

« Je ne commettrais jamais un acte irrémédiable, dit-elle prudemment. Je ne suis pas une personne désespérée. »

Il semble qu'elle ne possède aucun diplôme officiel bien qu'elle ait été inscrite dans une quantité d'universités et d'écoles du Nord-Est, à New York et en Californie, assez pour avoir obtenu plusieurs Ph. D. (Jonathan a la vague impression qu'elle a passé une licence en littérature anglaise et histoire de l'art à Radcliffe, ou peut-être Wellesley ?) Brillante, énergique et ambitieuse, Molly a eu de multiples emplois depuis l'âge de dix-neuf ans : actrice (amateur et professionnelle), mannequin et modèle de photographe, assistante d'une demi-douzaine de personnes dans le monde du spectacle (y compris un cinéaste controversé, mort depuis d'une overdose de cocaïne, en compagnie duquel elle a fait l'acquisition de la ravissante rose tatouée sur son épaule). Elle a réalisé des interviews pour *Vogue*, *Psychology Today*, *TV Guide*, *Runner's World*, *Gourmet*, *Ms*, *Architectural Forum*,

SoHo News ; elle a été correspondante locale pour le *New York Times*. Elle a travaillé pour un centre Nautilus de mise en forme, pour un détective privé, pour un établissement de pompes funèbres. Maintenant, à près de vingt-huit ans, elle espère encore trouver sa vocation.

Elle a quitté à dix-huit ans la maison de ses parents dans la banlieue de Philadelphie, et a vécu depuis dans beaucoup d'endroits. Parfois, pour s'amuser ou se faire peur, elle essaie d'en reconstituer la chronologie. Elle n'essaie pas de se souvenir des hommes qu'elle a connus passagèrement ou non. Pourquoi es-tu venue vivre à Lindesfarne, lui a demandé Jonathan McEwan au début de leur relation, elle a répondu sur le mode de la plaisanterie : « Parce que je n'y avais jamais habité et que la ville ne m'évoque rien de désagréable. »

Dans le cabinet d'une gynécologue, assise toute tremblante à l'extrémité de la table d'examen dans une blouse jetable, Molly connut l'expérience qui la conduisit à Jonathan McEwan, et au temps le plus heureux de sa vie.

Elle attendait, essayant de ne penser à rien de particulier, surtout pas à la raison de sa présence (un frottis de contrôle, repoussé depuis deux ans), quand elle remarqua sur le mur des rangées de photos prises au Polaroid. Des clichés de mamans avec leurs nouveau-nés – il devait y en avoir au moins cinquante ! – et parfois le médecin, une femme robuste d'une quarantaine d'années. Tout le monde souriait. L'image du bonheur, pensa Molly dont les yeux s'emplirent de larmes, comme si le monde était un lieu heureux.

Pendant l'examen Molly se mit à pleurer pour de bon et quand la gynécologue lui demanda si elle lui faisait mal elle secoua la tête : « Sans doute pas assez », dit-elle. Plus tard elle se rassit, sécha ses yeux et dit en riant qu'elle avait ce genre de crise de temps en temps, le plus souvent à des moments très gênants. Au lieu de sourire la femme lui demanda pourquoi. Molly haussa les épaules, répondant : « Je suis la dernière à le savoir », puis, jugeant sa phrase trop désinvolte : « Je n'en sais rien... pouvez-vous me recommander un psychothérapeute ? Je crois que le moment est venu. »

Elle se rendit donc chez le Dr Jonathan McEwan, vingt minutes en retard pour son premier rendez-vous, portant sa tenue de voyou – un jean, un T-shirt d'homme, des sandales chics très usées. Des anneaux en or aux oreilles, une chaîne au cou, et le tatouage qui était bien réel – indélébile. Pour ne pas en avoir honte il lui fallait exhiber la stupide petite rose.

Comme son ravissant visage, ciselé tel un camée, ses longs cheveux, ses poignets et ses chevilles si fins. Quand les autres la regardaient avec envie Molly pensait : « J'*existe* donc... ce n'est pas une illusion. »

Une remarque de Simone Weil lui venait à l'esprit... « Chaque fois que je pense à la crucifixion du Christ, je commets le péché d'envie. »

Le bureau du Dr Ewan lui plut immédiatement. Il se trouvait au rez-de-chaussée d'une maison victorienne rénovée avec de hauts plafonds, des fenêtres étroites, des planchers recouverts de tapis qui craquaient à peine sous les pas, une odeur indéfinissable de vieux bois, de livres reliés en cuir. Trop énervée pour feuilleter les magazines dans la salle d'attente, ou même pour rester assise sur une chaise plus d'une minute, Molly se concentra sur les nombreuses plantes disposées devant une baie : des violettes africaines, du lierre, des asparagus, une énorme fougère, resplendissante comme une queue de paon. À certains moments de sa vie elle avait essayé d'avoir des plantes mais elles étaient mortes ; elle n'avait pas eu de chance non plus avec les animaux. Le jardin intérieur du Dr McEwan prospérait mais il y avait ici et là des feuilles desséchées à enlever. Molly prit un peu de terre dans ses doigts, humant l'odeur. La saleté s'incrusta sous ses ongles, elle n'y fit pas attention.

Ce matin elle s'était lavé le visage énergiquement ; elle n'avait mis aucun maquillage, comme par défi. Pourquoi, elle l'ignorait.

Elle tomba amoureuse de Jonathan McEwan au bout de quelques séances à peine. Était-ce le « transfert » ? – le mystérieux phénomène « thérapeutique » décrit par Freud avec un délice évident ? Quand elle lui serra la main la première fois elle sentit ses genoux se dérober sous elle. Oui, pensa-t-elle, c'est lui. D'une voix rapide, détachée, elle dit aussitôt – elle y tenait – que sa visite était purement expérimentale : elle ne savait pas si elle reviendrait, ni même si elle resterait jusqu'au bout de cette séance.

« Bien sûr, dit le Dr McEwan. Nous sommes tous les deux entièrement libres. »

Ce jour-là Molly parla d'elle-même avec une indifférence totale, soupirant fréquemment comme si elle s'ennuyait. La litanie de ses problèmes – elle était seule mais elle cherchait à l'être ; elle craignait d'être incapable d'aimer une autre personne et indigne d'être aimée en retour ; sa mère morte la surveillait, la jugeait et n'était pas particulièrement contente d'elle, etc. – lui paraissait être le summum de l'apitoiement sur soi et de la banalité. « Je pleure quelquefois mais sans bonne raison, dit Molly en évitant le regard du Dr McEwan. Il y a des événements graves qui ne m'inspirent aucun chagrin. J'ai pensé plus d'une fois "Pourvu qu'Untel ne meure pas..." Je n'ai même pas la force de m'en soucier. Voilà ce que je suis. La profondeur de mon âme.

— Du moins vous comprenez que vous en avez une, dit le Dr McEwan. À partir de là nous pouvons travailler. »

Molly, qui avait rarement entendu parler de l'âme sans ironie, lui lança un regard en dessous pour voir s'il ne plaisantait pas. Elle n'avait jamais rencontré un homme aussi sérieux et intelligent que le Dr McEwan, se dit-elle par la suite. Parmi sa génération, bien sûr ; quand on est vieux on n'a plus le choix.

McEwan n'était pas beau, jugea-t-elle d'un œil critique, mais il avait une présence. Il savait qui il était, cela lui inspirait confiance. Il avait des yeux enfoncés d'une couleur indéfinissable, une légère ombre de barbe, une masse de cheveux striés de gris. Sans son nom, elle eût pensé qu'il avait une origine sémite. Ses vêtements d'un style conventionnel – une chemise blanche, une cravate, une veste en tweed étirée au niveau des poches – ne s'accordaient guère avec son allure.

Son bureau était net, bien entretenu, avec des rayonnages de livres ; devant l'unique fenêtre était suspendu un lierre aux feuilles brillantes. Sur le mur elle vit un parchemin à la calligraphie chinoise, sur un autre plusieurs photographies de tortues exotiques. Sur un socle en acajou était posé un énorme globe illuminé. Molly se demanda à quoi cela pouvait bien lui servir et, incapable de résister, fit tourner la sphère d'une pichenette... Une patiente avait droit à un certain degré d'irresponsabilité.

Les continents gravés dans le verre avaient des couleurs splendides. « C'est impressionnant, dit Molly. J'en pleurerais. »

Le Dr McEwan, qui fixait la petite rose tatouée sur son épaule, cligna les yeux comme si elle avait dit une phrase particulièrement perspicace.

Un autre meuble attirait le regard : le divan de cuir. Un divan d'analyste, bien que Jonathan McEwan fût seulement psychothérapeute. Jamais je ne m'étendrai là, pensa Molly. Elle avait trop de fierté, et un sens très aigu de l'absurde.

À la fin de la première séance elle dit au Dr McEwan qu'elle n'était pas certaine de vouloir continuer – parler d'elle-même de cette façon, exposer ses pensées intimes à un inconnu était beaucoup plus éprouvant qu'elle ne l'avait imaginé. (Croyant que ce serait amusant !) Craignant de laisser paraître son émotion, Molly ne le regardait pas en face. « Je ne suis pas sûre de croire à ce genre de choses », dit-elle. McEwan la surprit en éclatant de rire : « Moi non plus, répondit-il. Un tiers de nos patients semble aller mieux ; un tiers va plus mal : le reste poursuit son existence sans le moindre changement. » Il accompagna Molly à la porte, la dominant de sa hauteur, les épaules larges, souriant : « Quelquefois je pense – ce qui n'est pas très professionnel – que les hommes et les femmes doués de cœur et d'intelligence savent ce qu'ils doivent faire de leur vie. Parfois les choses leur résistent, mais ils en viennent à bout. Le "névrosé" est celui qui s'emploie à résister. »

En lui disant au revoir il posa une question sur son tatouage. Elle en fut intimidée et ravie. Cet homme remarquable avait mordu à un appât aussi commun : *il était humain, comme Molly Marks.*

Bien sûr elle revint. Elle ne pouvait manquer de revenir. Elle n'avait jamais éprouvé une attirance aussi puissante pour un homme. Ses maigres problèmes psychologiques lui apparurent comme un lien précieux avec lui ; elle souhaitait ne jamais guérir, enfin, pas trop vite. *Je suis faible mais tu es fort*, se répétait-elle avec délice.

En présence de Jonathan McEwan, Molly parvenait à se contrôler (bien qu'elle eût de la peine à le regarder en face : les larmes emplissaient ses yeux comme si elle fixait une lumière trop violente) mais quand elle était loin de lui elle se sentait faible, irritable, préoccupée. Dans l'un de ses fantasmes elle s'agenouillait à l'extrémité du tapis, la tête courbée. « Je suis indigne de votre considération, s'écriait-elle, même payante. » Le Dr McEwan se levait de son fauteuil, stupéfait. « Je vous en prie, ne dites pas cela, mademoiselle Marks… Molly », protestait-il, rougissant d'embarras. Dans un autre fantasme elle pleurait désespérément et le Dr McEwan était obligé de la consoler. Il se penchait maladroitement vers elle, l'étreignait… même dans les scènes les plus osées elle ne pouvait le forcer à quitter son personnage. Il ne lui ferait aucune avance tant qu'elle serait sa « cliente » : il était trop intègre.

Un après-midi, trois mois après leur première rencontre, Molly parla à Jonathan McEwan de la mort de sa mère. Cela avait été l'expérience la plus profonde de sa vie – la seule peut-être – et pourtant quand elle repensait à l'office funèbre, au cercueil, au cimetière, elle était gagnée par l'hilarité. Comme l'envie d'éternuer, de briser quelque chose ! « J'ai vu que c'était moi, Molly – *moi* – qui étais morte, dit-elle amèrement. Une partie de moi, celle qu'elle aimait, qu'elle prenait au sérieux. J'ai souhaité avoir une sœur qui me ressemble. Une jumelle, peut-être. Une personne séparée de moi qui serait moi, qui me préserverait. J'ai souvent pensé que les jumeaux doivent être très heureux – surtout les vrais jumeaux. De savoir qu'ils ont une doublure dans le monde. » Sa voix se tut, elle attendit un commentaire du Dr McEwan, il en faisait souvent lors de ses digressions ; mais il ne dit rien. « Je n'appréciais pas ma mère de son vivant mais je voyais que c'était un être bon, généreux. Je ne me souciais pas beaucoup de ce type de gens, ils m'ennuyaient… Un poète américain dont j'ai oublié le nom, ce n'est ni Robert Frost ni Emily Dickinson, mais… William Carlos Williams ? écrit quelque part que, lorsqu'un être aimé meurt, il emporte avec lui un morceau du monde, la “vie passée”. C'est ainsi que je pense à ma mère même à présent. Mon père vit toujours mais il ne compte pas. Je sens que ma mère se soucie de moi, elle connaît mes pensées, elle sait ce que je fais de ma vie. Elle est malheureuse mais elle ne peut pas intervenir. Parfois elle apparaît dans mes rêves. Elle ne dit rien, elle me regarde d'un air triste. » Molly s'essuya les yeux et rit, embarrassée. « Je ne sais pas pourquoi je vous raconte ces choses, docteur McEwan ! Je ne crois pas à la vie après la mort ; parfois quand je suis saoule, j'ai déjà de la peine à croire à *cette* vie-là. »

Elle leva le regard vers Jonathan McEwan et vit qu'il la regardait. Ses yeux brillaient sous les lourdes paupières ; il se taisait depuis un long moment. Molly s'agita nerveusement, imaginant qu'il la trouvait idiote. En réalité il était tombé amoureux.

Avant qu'ils ne deviennent amants dans le vrai sens du terme Jonathan voulut mettre fin à leur relation professionnelle. Il ne pouvait plus accepter d'argent de sa part ; ni prétendre conserver son objectivité. Si elle le désirait, il la recommanderait à un autre psychothérapeute qu'il tenait en haute estime. Molly répondit qu'elle n'en avait pas besoin : elle était guérie.

« Et voici le remède », dit-elle gaiement.

Jonathan ne la crut pas. « On ne plaisante pas avec ces choses-là, Molly.

— Je ne plaisante pas, protesta-t-elle, se dressant sur la pointe des pieds pour l'embrasser. *Tu* ne penses pas que je suis guérie ? »

Jonathan l'étreignit et posa son visage brûlant sur le sommet de sa tête. « Je n'ai jamais trouvé ton cas très alarmant », dit-il.

Maintenant ils sont amants. Et très heureux. Bien que Molly Marks redoute beaucoup moins Jonathan McEwan – et inversement, imagine-t-elle. Avec le temps ils se sont apprivoisés.

Je n'ai jamais été aussi heureuse de ma vie, pense Molly.

Je n'ai jamais connu une telle *paix*.

Pourquoi décide-t-elle alors de rencontrer le frère jumeau de Jonathan… ? Pourquoi à son insu ?

Pourquoi sent-elle qu'il le faut *absolument* ?

Certes elle l'a déjà vu. Aperçu du moins. Elle veut une présentation formelle, légitime. En secret.

Bien sûr elle comprend que Jonathan, s'il l'apprend, sera blessé, intrigué, furieux contre elle ; peut-être ne le lui pardonnera-t-il pas. Pourquoi, demandera-t-il, pourquoi, *pourquoi…* ? et Molly ne saura pas répondre.

Sauf ceci : Jonathan a dit qu'il n'oubliera jamais le tort commis par son frère, il n'a pas expliqué de quoi il s'agissait ni de quelle façon il était impliqué.

Dans son affolement il a aussi parlé de complicité. Après cette nuit il n'a pas fait la moindre allusion à ce sujet, il n'a rien dit de son frère fantôme bien qu'il y pense toujours, croit Molly. Cet éclat, ce débordement d'émotion – cela ressemble si peu à Jonathan McEwan.

C'est un mystère ; il lui tient à cœur.

Elle *doit* le résoudre.

3

Par un chaud après-midi de septembre Molly Marks se rend à New York pour voir James McEwan ; pas sous son propre nom, bien sûr, mais sous celui d'une jeune femme névrosée, Holly Hawkes. Depuis qu'elle a pris ce rendez-vous Molly regrette à moitié d'avoir choisi ce nom – d'avoir décidé de venir – mais elle ne peut plus rebrousser chemin. Holly Hawkes, comme Molly Marks, n'est pas femme à reculer devant l'aventure.

Holly Hawkes est un nom un peu bête mais inspiré par une certaine logique : si Molly avait une sœur jumelle, ses parents auraient parfaitement pu les nommer Molly et Holly. Ou Molly et Dolly. Molly et Polly ? Les parents de vrais jumeaux, et de même sexe en particulier, ont toujours donné à leurs enfants des prénoms charmants : Ronald et Donald, Tess et Bess, Annie et Fannie, Jimmy et Timmy ; et pire encore. Comme si le choc d'avoir des jumeaux, deux bébés alors qu'un aurait largement suffi, les déséquilibrait au point de tomber dans l'infantilisme.

Ces dernières semaines Molly a fait des recherches sur le phénomène. Elle a découvert des choses étonnantes, parfois alarmantes – entre autres, les vrais jumeaux élevés séparément se ressemblent plus que s'ils vivent dans la même maison ! – car dans le second cas, chacun essaie consciemment de devenir un individu ; il y a quelque chose de profondément déplaisant dans le fait d'être « semblable » à une autre personne. Quand ils vivent dans des lieux éloignés, chacun suit la pente naturelle de l'instinct – la trajectoire génétique du destin. Ainsi dans les études que Molly a lues certains jumeaux se ressemblent à un point étrange : ils épousent sans le savoir des personnes portant le même nom, ont des enfants environ aux mêmes moments et leur donnent des prénoms identiques ; leur QI reste le même toute leur vie, malgré la différence d'environnement, ainsi que leurs maladies, leurs goûts en matière de nourriture, de vêtements, de bijoux et leurs traits de personnalité. Bien sûr, ils se ressemblent, et on les confond souvent.

Heureusement, pense Molly, Jonathan et son frère ont été élevés dans la même famille, aussi ils échappent à ce curieux déterminisme. Bien qu'ils n'aient pas communiqué depuis dix ans ils ont sûrement acquis des caractères très distincts dans l'enfance. Jonathan s'est écrié avec emphase que partager les mêmes gènes ne signifie pas tout partager…

Molly Marks est fascinée – troublée – à l'idée que, si elle avait une vraie sœur jumelle, celle-ci lui ressemblerait à un point mystérieux. Chacune, persuadée d'être un individu distinct, deviendrait le miroir de l'autre. Quel choc produirait la rencontre des deux femmes à l'âge adulte… Tomberaient-elles amoureuses du même homme ? La plupart des jumeaux cités dans ces ouvrages avaient épousé des conjoints semblables.

Il y a un moment, songe Molly, où ces idées n'ont plus rien de fascinant… et inspirent l'inquiétude. Une terrible inquiétude.

La fausse « Holly Hawkes » sera Molly Marks sous beaucoup d'aspects, bien sûr. Pour des raisons scientifiques, expérimentales, Molly a l'intention de répéter le plus fidèlement possible ses premières expériences avec Jonathan McEwan.

Elle porte donc la même tenue que lors de la première séance avec Jonathan. Un jean collant, un T-shirt blanc à côtes pour homme (sans rien dessous), la même paire de sandales, un peu plus usées. Les anneaux et la chaîne en or, les cheveux répandus dans le dos, le tatouage bien visible. Ah, la délicieuse petite rose ! L'infâme petite rose... Molly étudie son image dans toutes les glaces et vitrines sur le chemin, elle pense qu'elle est très séduisante aujourd'hui. Beaucoup plus que le jour où elle est entrée dans le bureau de Jonathan McEwan, des mois auparavant.

Pourquoi... ? Parce que Molly Marks est infiniment plus heureuse à présent. Une femme est toujours plus belle lorsqu'elle se sent aimée.

Le Dr James McEwan, psychothérapeute, a son bureau au rez-de-chaussée d'un splendide brownstone situé 83e Rue Est, à quelques maisons de la Cinquième Avenue. Molly est impressionnée par le quartier et l'immeuble – elle en déduit que l'homme réussit fort bien dans sa profession. (Peut-être mieux que Jonathan ?... pour qui l'argent ne compte guère. Molly s'est aperçue avec affolement que beaucoup de ses clients lui doivent des consultations en retard, il ne les presse pas de payer même s'il les soupçonne d'être de mauvaise foi...)

Le brownstone comporte trois étages et une petite cour bordée d'une grille en fer forgé hérissée de pointes. Un gingko pousse au milieu de plaques d'herbe jaunie ; des géraniums rabougris végètent dans des pots négligemment posés sur un rebord de fenêtre. Devant une baie bourdonne un énorme climatiseur dégoulinant d'eau. Molly se regarde une dernière fois dans son poudrier et appuie sur la sonnette.

« Jonathan est trop bon, se dit-elle. Jamais il ne me détesterait pour cela. »

La réceptionniste de James McEwan est une grande femme maigre exagérément souriante, une beauté fanée à l'air rancunier et agressif. Elle est probablement amoureuse de son employeur – n'est-ce pas inévitable dans ces circonstances ? (Bien que la secrétaire de Jonathan McEwan, une femme mariée d'une quarantaine d'années, gaie et potelée, ne semble pas éprouver de sentiments pour lui.) Molly découvre avec soulagement que la salle d'attente de James McEwan est très différente de celle de Jonathan : moins spacieuse, avec un mobilier nettement plus moderne ; il y fait plus sombre – l'unique fenêtre laisse passer si peu de jour que même par grand soleil les lampes sont allumées en plein midi. Les murs sont couverts de masques africains primitifs – presque des caricatures. Des O étirés à la place des yeux, des bouches béantes, des touffes de cheveux noirs raides comme la queue d'un cheval. Il y en a six sur le mur en face de Molly, tous plus laids les uns que les autres. Voici un goût très éloigné de celui de Jonathan.

Il y a une plante devant la fenêtre, une magnifique fougère. Molly n'en a jamais vu d'aussi belle. Est-ce une vraie... ou bien une habile imitation ? Elle s'approche furtivement pour fourrer ses doigts dans la terre qui lui paraît trop sèche, elle n'a pas été arrosée depuis longtemps. Les feuilles sont souples au toucher.

Molly attend vingt longues minutes. Elle est excitée comme un chat, l'air conditionné la fait frissonner. Si je m'en vais maintenant, pense-t-elle, aucun mal n'aura été commis.

Si je pars tout de suite je suis encore innocente.

Au cours de ses recherches elle avait été intriguée par la prédilection des jumeaux pour les mêmes conjoints. Pas toujours mais assez fréquemment. Dans un cas deux jumelles tombèrent amoureuses du même homme, et devinrent des ennemies mortelles. (Il n'en épousa aucune.) Ailleurs deux jumeaux eurent durant une vingtaine d'années une liaison unique avec la même femme *alors qu'ils étaient mariés avec quelqu'un d'autre*. Ils justifiaient leur comportement d'une façon étonnante, disant que « cela avait été plus fort qu'eux ».

Le téléphone sonne souvent dans le bureau du Dr McEwan, Molly entend la voix agréable et monocorde de la réceptionniste sans distinguer ses paroles. Personne d'autre n'entre ; sans doute le patient qui se trouve dans le bureau du Dr McEwan sortira-t-il par une porte à l'arrière – du moins, c'est ainsi que procède Jonathan. Quand finalement Molly est annoncée elle s'efforce de se montrer aussi nonchalante que le jour où elle a pénétré dans le cabinet de Jonathan. Elle a l'impression de marcher sur scène ! de s'élancer sur le plongeoir et de bondir dans le vide... ! Elle veut être parfaite.

Elle se prépare au choc psychique de la rencontre avec un homme qui ressemble tant à Jonathan mais malgré tout ce qu'elle a imaginé elle est saisie de surprise. James McEwan lui sourit et lui tend la main, comme Jonathan il y des mois. Molly le regarde pétrifiée, les yeux écarquillés par l'horreur, les entrailles nouées. Cet homme est certainement Jonathan...

qu'elle a embrassé il y a quelques heures à peine, avec lequel elle a fait l'amour la nuit dernière ?

Il paraît la reconnaître lui aussi. Les lourdes paupières… les yeux perçants de serpent… illuminés un instant par une intensité déconcertante.

Molly tente de balbutier un salut cohérent mais elle perd pied. Elle titube, ses lèvres se vident de leur sang, dans l'énorme paume de James McEwan ses doigts sont glacés. Elle sait maintenant qu'elle a commis une terrible erreur mais elle ne peut plus s'enfuir – l'homme lui étreint la main avec force, comme pour l'en empêcher.

« Mademoiselle Hawkes ? dit-il. Quelque chose ne va pas ? »

C'est la voix de Jonathan, mais plus profonde, plus timbrée. Moins douce.

Molly essaie de répondre mais n'y parvient pas. Elle va s'évanouir – ses jambes se dérobent sous elle –, elle s'écroulerait sur le sol si James McEwan ne la retenait pas.

Molly ne perd pas vraiment connaissance dans le bureau de James McEwan – du moins elle ne le croit pas – mais elle doit s'étendre cinq minutes sur le divan (en cuir marron, plus neuf que celui de Jonathan, sans doute plus cher) jusqu'au moment où elle se sent assez forte pour s'asseoir sur un fauteuil en face de lui. James ne semble pas particulièrement surpris par sa réaction, il n'appelle pas la réceptionniste à la rescousse, ce dont Molly lui est très reconnaissante. Quelle entrée… ! Comme elle s'est ridiculisée ! L'expérience est déjà ratée.

L'homme n'est ni plus grand ni plus corpulent que Jonathan, mais il en donne l'impression. Il semble occuper plus de place. La tête massive, hirsute, les sourcils embroussaillés, les yeux brillants, l'expression endormie… C'*est* Jonathan, subtilement transformé. Les gestes plus brusques, moins contrôlés. L'attitude plus détendue. Il porte une veste de sport en lin crème à la mode, une chemise fleurie bleu et vert, pas de cravate. Son pantalon gris tourterelle en tissu très fin, au pli parfait, ne serait pas du goût de Jonathan. Pourtant il porte la même montre au poignet. Il tient ses épaules de la même manière, incline la tête comme lui, il a le même sourire qui plisse les lèvres, les mêmes rides profondes autour de la bouche… Il siffle tout bas, comme Jonathan à ses moments de loisir, loin du bureau où il ne se permettrait jamais une telle désinvolture. Il serait choqué par un comportement aussi grossier et peu professionnel.

Sans doute James est-il très aimé de ses patients, pense Molly avec rancune. Elle a l'impression qu'il se moque totalement d'elle… Ils commenceront l'entretien quand elle sera prête et il n'a pas l'intention de perdre son temps en attendant. Il ouvre du courrier, donne un coup de téléphone – une conversation ponctuée de rires – sans se donner la peine de lancer un regard d'excuse dans la direction de Molly.

Pourtant, durant toute l'entrevue, elle a peine à croire que cet homme est physiquement un inconnu, qu'ils n'ont jamais fait l'amour ; qu'ils ne sont pas *amoureux* ni liés intimement – d'une façon profonde, inconsciente. Elle se dit que James McEwan n'est que le frère de Jonathan, elle voit leurs différences essentielles, pourtant plus elle le regarde, plus elle considère son personnage, plus elle se dit, contre toute logique, que l'homme *est* son amant.

Et qu'il le sent lui aussi.

« Êtes-vous sujette aux évanouissements, mademoiselle Hawkes ?

— Pas du tout.
— Sauf à certains moments ?
— Non, répond Molly, blessée. Jamais. »

Se moque-t-il d'elle ?... Ou bien est-ce une preuve d'attention, de gentillesse, comme chez Jonathan ?

« Je ne me suis jamais évanouie de ma vie, dit-elle avec entêtement. Tout à l'heure je me suis seulement sentie faible. »

Elle se met à parler avec plus d'assurance ; tant qu'elle ne regarde pas James – au début de leur relation Jonathan aussi la troublait par l'intensité de son expression – elle parvient à exécuter ce qu'elle a prévu. Il lui suffit d'imiter la Molly d'autrefois, qui fit une si forte impression sur Jonathan McEwan. (Bien sûr elle n'est plus cette jeune femme-là – n'est-elle pas totalement guérie de ses maux psychologiques ?)

James McEwan se renverse dans son fauteuil pivotant qui grince, les mains nouées derrière la nuque, l'air décontracté, insolent, mais visiblement intéressé par son discours – la litanie habituelle des maladies du névrosé. Il ne dit rien, la regardant attentivement, avec respect croit-elle, hochant la tête de temps en temps (une habitude de Jonathan dans des circonstances semblables), fixant le T-shirt léger sous lequel se dressent ses petits seins, puis la rose tatouée sur son épaule. Ce sera facile ! J'ai déjà vécu cela ! songe Molly en avalant sa salive, devinant l'éveil infaillible du désir chez l'homme.

La jolie Holly Hawkes, âgée de vingt-sept ans, jamais mariée, à la dérive, dit-elle, est persuadée qu'elle a besoin d'une psychothérapie après s'y être refusée des années ; une amie d'amie lui a recommandé James McEwan. Elle est seule – toujours seule – même quand elle se trouve avec des gens. Elle vit avec un homme, elle l'aime mais – voici l'éternel problème ! – elle ressent parfois une terrible solitude quand elle est avec lui – un être bon, généreux, supérieur ; *même quand ils font l'amour*. « Ce ne peut être normal ! » s'écrie Molly.

James McEwan hoche la tête distraitement et ne dit rien.

Le récit continue. Molly est bonne comédienne mais elle parle plus vite qu'elle ne l'aurait voulu – l'intérêt intense de James la déconcerte. Elle lui décrit sa terreur de sentir son cœur s'arrêter – sa peur d'être incapable d'aimer une autre personne, et indigne d'être aimée –, l'illusion que sa mère morte la surveille et la juge. Et ainsi de suite ; bien que ces problèmes soient ceux de Holly Hawkes, non les siens, Molly sent les larmes lui monter aux yeux.

Elle étudie le bureau de James McEwan comme pour y retrouver des points de référence. À la place de l'élégant parchemin chinois de Jonathan se trouve un hideux bouclier en cuivre, brillant et lisse comme un miroir. (Peut-être sert-il à absorber l'intensité nerveuse du patient… ? Molly s'y regarde à la dérobée.) Sur le mur derrière James il y a plusieurs masques africains d'une laideur dérisoire ; une demi-douzaine de photographies encadrées, des portraits d'hommes distingués dont l'expression imite peut-être par hasard celle des masques – Molly reconnaît Nietzsche, Freud, Gurdjieff, Nijinski. (Chacun comporte une légende mais elle ne réussit à déchiffrer que l'inscription concernant Nijinski : « Je suis Dieu, je suis Dieu ! ») Pas de globe en verre illuminé près du bureau de James, mais une table métallique encombrée de revues et de journaux. Par terre, une masse de papiers, de livres, de suppléments du *New York Times* éparpillés en désordre ; un cendrier plein de mégots, d'emballages de cigarettes ; des barquettes de nourriture bourrées de serviettes sales que Molly considère, vaguement troublée. James

McEwan déjeune-t-il au bureau ? C'est aussi l'habitude de Jonathan, sauf les jours où elle vient le chercher.

Molly met fin au petit discours de Holly Hawkes, sans beaucoup d'éclat. Elle n'est pas sûre, dit-elle, de croire à la psychothérapie ; ni de vouloir en faire une. « J'espère que vous serez franc avec moi... », conclut-elle.

James McEwan, toujours renversé dans son fauteuil, les mains derrière la nuque, la considère un long moment. A-t-il entendu ? L'a-t-il écoutée ? Ses yeux ressemblent à ceux de Jonathan mais sont plus durs, plus noirs ; plus enfoncés dans leurs orbites. La peau aussi paraît plus sombre, olivâtre, les cheveux frisés striés de mèches grises ont deux ou trois centimètres de plus que ceux de Jonathan. L'ossature solide de son visage rappelle à Molly un squelette.

« Bien sûr que je serai franc avec vous, mademoiselle Hawkes, dit-il sèchement, je le suis toujours. Personne ne me forcera au contraire. » Il sourit comme pour adoucir l'impact de ses paroles. « Vous avez un unique problème, ma chère, et des plus ordinaires, dont je peux vous guérir... si vous acceptez mon mode de thérapie, et n'opposez pas une résistance de principe. Ce sera coûteux – je reviens très cher – mais vous devriez guérir en quelques mois, si la "guérison" est possible. »

Molly le regarde stupéfaite. Son ton est si hautain, si prétentieux ! Elle n'a jamais rien entendu de ce genre.

« Il semble que vous ne soyez pas heureuse, poursuit James, mais que vous croyiez devoir l'être. Vous pensez, sauf preuve du contraire, que vous méritez le bonheur – une femme superficielle, vaniteuse à l'esprit futile comme vous l'êtes, séduisante, moins que vous ne le souhaiteriez, et plus très jeune. Vous vous êtes mise avec un type qui, selon vos propres dires, vous aime – amour que vous croyez ne pas mériter, et sans doute avez-vous raison – et *pourtant* vous n'êtes pas heureuse ! » Il commence à rire, il glousse presque. C'est le rire le plus abandonné, le plus contagieux de Jonathan qui explose en James avec une telle force que ses yeux se plissent tandis que ses narines, de profonds O noirs dans son visage, s'élargissent comme chez un cheval. « Excusez-moi, dit-il en essuyant ses paupières négligemment du dos de la main. C'est *tellement* drôle, vous savez. »

Molly, pétrifiée, n'ose pas ouvrir la bouche. A-t-elle réellement entendu ces paroles ?

James se remet de sa crise de fou rire et dit plus calmement : « Bien sûr, je peux m'être trompé sur votre compte… sur la profondeur de votre personnalité. Parfois les femmes se présentent d'une façon très sotte, se conduisant comme des idiotes finies, utilisant leurs charmes dans le but douteux – pardonnez-moi – de séduire. La tentation est forte pour une jolie femme. Je comprends cela, je peux même, dans une certaine mesure, approuver ce type d'intention. » Il sourit à Molly qui continue de le regarder avec un air d'incrédulité totale. « Je suppose que vous avez eu un certain succès dans ce domaine, mademoiselle Hawkes… ? puis-je vous appeler Holly ?… depuis environ l'âge de seize ans ? »

Molly se lève, chancelante. « Je n'ai aucune raison de supporter vos injures, dit-elle.

— Comme vous voudrez. L'heure vous sera comptée en entier, répond James aimablement.

— Je ne supporterai pas d'être insultée plus longtemps par un grossier personnage comme vous ! » répète Molly, tremblante d'indignation.

James rit de nouveau. Il se lève pour l'accompagner jusqu'à la sortie mais il maintient la porte fermée, le bras au-dessus de sa tête. Il la domine, amusé, presque protecteur ; il approche son visage du sien. Molly frémit en respirant son haleine lourde, son dos se heurte à la paroi de la porte. « Ma chère, comme je vous l'ai dit, je suis prêt à vous prendre comme cliente – non comme patiente – si vous le désirez. J'ai une place disponible en ce moment : un de mes clients les moins stables semble avoir définitivement disparu. Bien sûr nous devrons discuter de mes honoraires et voir si vous pouvez payer. Si vous êtes une personne sérieuse... ou une petite conne. J'ai pour principe de ne pas traiter certaines personnes parce que les guérir de leurs "vices" serait les priver de leur unique intérêt.

— Vous êtes cinglé, bégaie Molly. Vous... vous êtes cinglé ! Vous n'êtes pas un psychothérapeute... Comment osez-vous prétendre une chose pareille !

— Je *suis* un psychothérapeute..., répond James d'une voix égale, mais je ne me jette pas à la tête des gens. C'est à prendre ou à laisser ; vous êtes libre. »

Molly tourne la poignée, pressée de s'enfuir. Elle éprouve une forte attirance physique pour cet homme bien qu'elle le haïsse et redoute d'être attaquée par lui. Comment est-ce possible !

Il referme la main sur son bras nu et glisse le pouce sur son tatouage. « C'est un vrai ? » demande-t-il avec curiosité.

Elle se glisse au-dehors, elle s'échappe. Après elle découvrira des marques rouges dans sa chair – l'empreinte des doigts de James McEwan.

4

« Quelque chose ne va pas, Molly ? demande Jonathan. Tu parais extrêmement distraite.

— Moi… ? Pas du tout », dit-elle.

La réponse est rapide, le ton coupable.

« Je ne crois pas… », ajoute-t-elle.

Elle regarde craintivement Jonathan et voit qu'il la considère d'un air soucieux, avec amour – *est-ce* de l'amour ? Elle se presse contre lui comme un enfant qui a besoin d'aide.

Ce salaud, pense-t-elle. Ce sauvage.

James.

Lui.

Une semaine s'est écoulée depuis l'aventure de Molly à New York, ou peut-être dix jours… deux semaines ? Elle est obsédée par James McEwan : elle regrette de ne pas l'avoir giflé. De ne pas lui avoir craché à la figure. Si elle avait su à quoi s'attendre elle se serait montrée à la hauteur.

Pourtant Jonathan lui avait donné une description approchante. Il avait fallu qu'elle s'en assure par elle-même.

Eh bien, j'ai compris, pensa-t-elle.

Superficielle, vaniteuse, futile. Sotte. Idiote. Petite conne. La voix directe, le ton neutre, réfléchi ; sans aucune nuance de moquerie, de cruauté. Simplement la vérité.

N'avait-il pas dit qu'on ne pouvait le forcer à ne pas être franc ?

J'ai compris, pense Molly. Elle est amère, furieuse, prête à se battre. Même dans les bras de Jonathan. Sa masse protège son petit corps nerveux mais Molly pense à *lui*, elle entend *sa* voix, elle sent *ses* doigts se refermer sur son bras nu.

« Tu es préoccupée par quelque chose ? demande Jonathan, mal à l'aise. C'est ton travail ?

— Non », dit Molly sans écouter la question. Elle se serre contre lui pour qu'il ne voie pas son visage. « ... Si, je suppose que oui.

— Tu me reproches toujours de travailler trop dur, de m'épuiser, et maintenant tu fais pareil.

— Ça m'étonnerait ! » s'écrie Molly avec un rire étouffé.

Plus tard dans la soirée, avant le dîner, quand Molly met la table elle reste si longtemps penchée sur une bougie une allumette enflammée à la main qu'elle finit par se brûler les doigts et lâche tout... « Molly, pour l'amour de Dieu, dit sèchement Jonathan. Tu as l'air de dormir debout. »

Le même soir, ou un autre qui lui ressemble, vers la mi-octobre, Molly annonce à Jonathan, au moment de se mettre au lit, qu'elle veut un bébé... avant d'avoir trente ans. Il hésite comme elle l'avait prévu (elle aurait réagi de la même façon si la proposition était venue de lui), elle éclate en sanglots et crie : « Alors tu ne m'aimes pas ! C'est clair ! Tu ne m'aimes pas assez ! »

« Je ne sais pas ce que j'ai en ce moment, dit-elle, je me croyais guérie des problèmes que j'avais quand j'étais ta patiente.

— Ma “cliente”, corrige Jonathan automatiquement.

— Cliente, dit Molly. Mais tu sais, certains sont des “*patients*”, non ?

— Ce sont des conventions de langage », répond-il avec raideur. Il est toujours sur la défensive quand on l'interroge sur sa méthode professionnelle. Cela signifie tant pour lui ; il prend son métier tellement au sérieux ; il a quelque chose de rabbinique, pense Molly, comme son frère… L'un considère sa vocation avec gravité, l'autre avec désinvolture. Tous les deux sont terriblement convaincants : ce visage, ces yeux, cet air d'autorité. On a envie de se mettre à genoux devant eux, pense Molly ironiquement. Oh oui !

« … Ce ne sont que des conventions, dit Jonathan, inspirées par une conception médicale dépassée.

— Mais enracinées dans les faits, ne crois-tu pas ? » insiste Molly. Ces dernières semaines elle s'énerve facilement contre lui pour des raisons futiles ; comme si elle voulait l'impressionner par sa vivacité intellectuelle. Après tout elle *est* extrêmement intelligente.

« La psychothérapie doit être aussi proche que possible d'une relation entre égaux, dit Jonathan. Le thérapeute et le client cherchent ensemble la solution des problèmes. Je hais le vieux modèle freudien – je suis psychothérapeute mais je ne m'impose pas aux autres : mes clients sont libres, c'est aussi simple que cela. Bien sûr, comme tu le sais, je traite rarement des psychotiques – ils appartiennent à une catégorie différente. Je suppose que je soigne des hommes et des femmes qui me ressemblent, auxquels je peux m'identifier.

— Tu es loin d'être l'égal de tes clients, Jonathan », dit Molly. Elle parle vite, impatiemment, sans intention de flatter. « Tu es supérieur... un homme supérieur. Ne prends pas l'air gêné, ou irrité... s'il te plaît. C'est vrai. Autrement pourquoi viendrions-nous te voir ? Pourquoi te paierions-nous ?

— Je me considère comme un guide, une sorte d'expert dans un domaine de la vie que d'autres ignorent parce qu'ils ne l'ont pas exploré, proteste Jonathan. Je ne suis ni un dieu de pacotille, ni un gourou. Je *déteste* cet élitisme prétentieux... le thérapeute qui abuse de son rôle en brusquant ses clients, en leur imposant sa volonté, en leur promettant la "guérison". Comme si on pouvait guérir les souffrances de l'âme... Le pire thérapeute est celui qui réalise ses fantasmes sadomasochistes avec ses clients. C'est trop facile, comme de battre les enfants. C'est méprisable.

— Ton frère..., demande Molly impulsivement, quel genre de psychothérapeute est-il ?

— Mon frère... ? Pourquoi me parles-tu de lui ? » dit Jonathan surpris. Molly l'a offensé mais il s'efforce de le cacher. « Je n'en sais rien, poursuit-il très vite. Je ne connais ni ses principes, ni sa méthode. Désolé.

— Je me demandais seulement s'il partageait tes idées, dit faiblement Molly. Je comprends que tu ne l'as pas vu depuis très longtemps...

— Je doute qu'il partage la moindre de mes idées. En fait je l'ignore.

— Vous avez fait les mêmes études, n'est-ce pas ? » interroge Molly.

Jonathan la regarde : « Qui t'a dit cela ? Moi ?

— Qui d'autre ?

— Je ne me souviens pas de t'en avoir parlé... Quand l'aurais-je fait ?

— Il y a quelque temps. Plusieurs mois. Le soir où nous avons emménagé dans l'appartement.

— Oui, je m'en souviens, dit Jonathan avec dégoût. J'étais saoul cette nuit-là. Je me suis laissé aller à dire des choses inconsidérées, peut-être même inexactes, j'espérais que tu avais été indulgente et n'avais pas pris cela trop au sérieux. Que tu n'en profiterais pas pour utiliser par la suite ces informations contre moi. »

Molly le regarde stupéfaite. « Utiliser des informations contre toi… ! Je te posais simplement une question. »

Elle est blessée, furieuse. Elle sait que Jonathan est offensé et qu'elle devrait changer de sujet. C'est comme si elle se penchait pour allumer une bougie, regardant rêveusement sa longue chevelure frôler la flamme.

« Eh bien, je n'ai pas de réponse à ta question, dit Jonathan. Je suis désolé.

— Tu dois bien savoir si ton frère a fait les mêmes études que toi ! s'écrie Molly avec un rire incrédule. Je comprends que tu sois en colère contre lui, que tu ne le voies plus… Je ne t'interroge pas *là-dessus* mais tu dois bien te souvenir s'il suivait les mêmes cours que toi ? À Harvard, c'est ça ? Ou bien quelque part à New York ?

— Pourquoi me demandes-tu cela ? Pourquoi maintenant ? s'énerve Jonathan.

— Maintenant ? Je… je n'en sais rien.

— Pourquoi en ce moment ? Aujourd'hui ? À cette minute ? Après une journée épuisante… pour moi du moins ? Pourquoi veux-tu tout détruire ? »

Molly pense, étourdie comme si elle venait de recevoir une gifle, qu'elle ne parviendra pas à briser les défenses de cet homme. Il répond à une question par une autre, si habilement qu'on croirait qu'il a élaboré cette stratégie à l'avance. Pourtant il semble à peine savoir ce qu'il fait.

« Jonathan, j'ai simplement posé une question », répète-t-elle.

Elle sait qu'elle doit s'arrêter mais elle s'obstine ; comme si, téméraire, elle se baissait pour voir à quel moment ses cheveux vont prendre feu. « Ce n'est qu'une question, je ne vois pas pourquoi tu es si troublé. Je l'ai posée en toute innocence. N'y pense plus, je t'en prie… Ton frère est visiblement ton point sensible et…

— "Mon point sensible"… ? Quelle expression ! Quel langage vulgaire, futile ! "Mon point sensible" ! vraiment ! Qu'est-ce que tu en sais, d'abord ? »

Molly presse ses mains contre ses oreilles. « Je suis désolée ! Oublions cela, s'il te plaît !

— Tu parles tout à coup comme la fille superficielle que tu craignais de devenir, dit Jonathan. "Mon point sensible"… ce vocabulaire… si inexact, si grossier… cette façon d'évoquer une question profonde dont tu ignores tout… »

Molly est prête à faire face, non, il vaut mieux battre en retraite, elle regarde son amant et pense : Pourquoi ? Pourquoi… ? Pourquoi est-il si furieux contre *moi* ? Elle fixe cet homme au visage enflammé, aux yeux plissés, à l'expression pleine de mépris et d'impuissance, elle songe *je ne le connais pas du tout, pas plus que je ne connais l'autre*… Bien sûr c'est absurde : Jonathan McEwan est l'homme qu'elle aime et va épouser. Elle se met à pleurer, elle le touche, dans un instant elle va s'appuyer contre lui, il la prendra dans ses bras, il lui pardonnera, il acceptera les preuves de sa soumission… « Jonathan, je regrette, dit-elle. Sincèrement. »

Et c'est vrai, pense-t-elle, calmée. Très vrai.

Qui avait commencé la dispute… ? Molly ne voulait plus y songer mais quelques jours après Jonathan dit, avec un air de mari repentant : « L'autre soir tu as déclaré que tu avais cru être "guérie" de certains problèmes… ? Qu'est-ce que cela signifie, Molly ? Tu veux reprendre une psychothérapie ?

— Mais non, pas du tout », répond-elle aussitôt. Elle rit doucement. « Mon Dieu, non ! »

Jonathan la regarde avec tendresse, compassion. Comme s'il lui avait fait du mal et voulait réparer sa faute. « Quand nous avons mis fin à notre relation professionnelle, dit-il, j'ai proposé de te recommander à un autre thérapeute. Si tu veux, si tu en ressens le besoin, je peux encore le faire. Si tu te sens encore malheureuse, et tu sembles l'être… du moins tu crois l'être…

— Je ne suis pas malheureuse du tout, dit Molly. Je suis très heureuse.

— L'autre soir tu disais…

— Je ne m'en souviens pas, Jonathan. Vraiment. »

Molly paraît réellement ennuyée, elle lève furtivement les yeux vers lui.

« Je ne suis pas malheureuse, répète-t-elle. C'est absurde.

— *Je* ne trouve pas que tu aies le moindre problème, déclare Jonathan avec soulagement. Mais c'est peut-être un préjugé… Parce que je t'aime. Je t'adore. »

Molly l'embrasse et dit : « Moi aussi je t'adore.

— Même le jour de notre première entrevue, tu m'as paru être une jeune femme parfaitement normale, Molly, un peu ébranlée par l'époque, mais plus forte, plus résistante, plus avisée que beaucoup… aux prises avec des problèmes affectifs tout à fait naturels. Les choses que tu as *dites* sur toi-même avaient un écho névrotique bien sûr, mais ta façon de les formuler, *ton comportement*, atténuaient leur sens. Bien sûr, c'était une impression très personnelle. »

Molly lui envoie un coup dans les côtes : « Tu as trouvé que j'étais une petite conne, n'est-ce pas ?

— Molly ! Quelle chose affreuse à dire ! Bien sûr que non.

— Qu'est-ce que tu as pensé ?

— Que je t'adorais. J'ai eu le coup de foudre », dit Jonathan, refermant doucement les doigts sur les cheveux de la jeune femme.

Ainsi une fois de plus le sujet fut écarté.

5

« Je n'ai jamais pu décider si la vie était sérieuse ou comique. C'est pourquoi je plaisante beaucoup, j'imagine. Et mes plaisanteries ne sont pas drôles.

— Dis-m'en une !

— Maintenant… ? Je n'en ai aucune en tête !

— Inventes-en une !

— Je… je ne crois pas pouvoir. Je regrette…

— Dépêche-toi ! Comme si ta vie en dépendait !

— Je ne peux pas. S'il te plaît, je…

— *Dis-moi une plaisanterie*. »

« Pourquoi portes-tu autant de vêtements ?

— Autant… ?

— Je compte plusieurs couches. Des matières, des épaisseurs différentes.

— Parce qu'il fait froid.

— Je ne trouve pas.

— Il fait *froid* pour moi.

— Et pourquoi es-tu recroquevillée comme cela ?

— Ce n'est pas vrai…

— Tu es tendue comme un arc. Prête à bondir.

— Mais non.

— Tu te protèges avec les bras.

— C'est *faux*.

— C'est pour me donner l'idée de t'embrasser ?

— Non. Sûrement pas.
— Pourquoi *sûrement* ? »

« Pourquoi es-tu revenue ?
— Je ne sais pas.
— Pourquoi es-tu revenue alors que tu étais si en colère ?
— Je n'en sais absolument rien !
— C'est parce que tu veux guérir ?
— Oui, je suppose. Bien sûr.
— De quoi veux-tu guérir ?
— De mes… problèmes.
— Tes, ou ton problème ?
— Mon problème, je suppose. Je n'en ai qu'un seul.
— Lequel ?
— Je… je ne sais pas.
— Si, tu le sais.
— Non ! Je suis venue pour que tu m'aides à le trouver.
— Tu mens. Ce n'est pas pour cela que tu es venue.
— Si.
— Tu ne sais pas pourquoi tu es venue me consulter ?
— Pourquoi… ? Je te l'ai dit : pour guérir.
— Mais de quoi ?
— Arrête !
— Qu'est-ce que je te fais ?
— Tu me presses le cerveau comme un citron…
— Ça fait mal ? »

« Connais-tu l'ancien proverbe chinois : "Quand un chien se met à aboyer contre une ombre, dix mille la transforment en réalité" ? Tu le comprends ?
— Non. Je veux dire oui.
— Tu es guérie. »

« Viens ici.
— Non… je ne préfère pas.
— Viens et déshabille-moi.
— Je ne peux pas faire ça.
— Tu en as envie, tu dois le faire.
— Je ne veux pas.
— Vraiment ?
— Non.
— Alors pourquoi es-tu ici ?
— Je… je te l'ai dit..
— Pour guérir ? Mais tu es guérie.
— Non.
— Pourquoi me regardes-tu de cette façon ?
— Comment ?
— "Celui qui désire mais n'agit pas engendre la pourriture."
— Je… je ne te désire pas.
— C'est vrai ?
— Oui.
— Alors pourquoi es-tu ici, pourquoi reviens-tu sans cesse ?
— Pour apprendre…
— Oui… ?
— … la vérité sur…
— Oui ?
— Moi-même et les autres.
— Alors viens près de moi. »

6

« Si les jumeaux ne s'emploient pas énergiquement à différencier leurs identités, ils risquent toujours de devenir des monstres. »

Molly Marks lit (en secret : quand elle devrait être en train de travailler au bureau, ou le soir quand Jonathan croit qu'elle est plongée dans un ouvrage d'une tout autre nature) des livres sur les jumeaux et leur histoire, les jumeaux signe de miracle et d'horreur, tabous ou divins. Dans la mythologie, Zeus, métamorphosé en cygne, viole la mortelle Léda, et de cette union naissent Castor et Pollux – les jumeaux du combat perpétuel. Il y a, dans la Bible, Jacob et Esaü, Pharez et Zerakh. Il y eut les célèbres frères siamois rattachés l'un à l'autre par le torse – une sorte de monstre, mais deux individus parfaitement distincts. Les tribus primitives d'Australie et d'Afrique avaient pour tradition d'assassiner l'un des jumeaux, ou les deux dès la naissance, et parfois aussi la mère. Ailleurs, à d'autres époques, ils étaient considérés comme des emblèmes de fertilité, et leur mère honorée. Dans l'Égypte ancienne… En Scandinavie… Au Tibet… Même aujourd'hui, dans certaines tribus d'Amazonie…

Molly Marks apprend qu'il existe approximativement cent millions de jumeaux dans le monde… ! dont un tiers de vrais jumeaux. Elle apprend la distinction entre les jumeaux dizygotes, provenant de deux ovules différents, et des jumeaux univitellins, nés du même œuf. Les premiers se ressemblent, les seconds, possédant des gènes identiques, sont, dans un sens purement biologique, la même personne.

Quelquefois lorsque l'un est blessé l'autre souffre ; quand l'un est malade l'autre succombe à la maladie. Ils meurent en général, sauf raison accidentelle, au même moment.

Parfois même dans la vie adulte ils ont l'impression d'être prisonniers d'un esprit unique.

« Bien sûr, songe Molly avec prudence, tout cela ne s'applique pas aux individus. »

7

« *Ne me fais pas mal cette fois-ci*... Je n'aime pas ça.
— Alors pourquoi es-tu là ? Pourquoi reviens-tu sans cesse ? »

(« Je répondrai à ma propre question, chère Holly. Tu illustres la célèbre loi de Thorndike : nous revenons toujours à la source des stimuli du plaisir. »)

« Est-ce que tu m'aimes un peu ?... Est-ce que je te *plais* ? Je crois que oui.
— Quelles raisons as-tu de le penser ?
— Je me trompe ?
— Je reconnais que tu m'attires. Évidemment.
— Merci !
— Et je suis enchanté de te séduire à ce point. Les hommes trouvent cela aussi flatteur que les femmes.
— Je ne cherche pas à flatter. Je suis sincère.
— Tu l'es aussi avec ton amant ?
— Il est... très différent de toi.
— Vraiment ?
— Oui.
— Serait-il jaloux de moi ?
— Mon Dieu, oui.
— Cesserait-il de t'aimer s'il savait ?
— Je... je ne sais pas.

— Qu'en penses-tu ?
— Je pense… qu'il serait très malheureux ; mais qu'il me pardonnerait.
— Même si tu continues de me voir ?
— S'il l'apprend je romprai avec toi.
— Alors tu m'aimes moins que lui.
— Oui, parce que je ne te connais pas vraiment. Je ne connais que… cela.
— Et tu penses le connaître, lui ?
— Mieux que toi.
— C'est un homme bon, comme tu l'as dit ? Généreux, fort, sérieux, stable… les vertus qui ont fait leur preuve ?
— Oh oui.
— Il ne me ressemble pas du tout.
— Peut-être de façon superficielle.
— C'est-à-dire ?
— En apparence.
— Lequel de nous deux est le plus séduisant ?
— Je… je ne sais pas.
— Tu ne sais pas ou tu ne veux pas répondre ?
— Je ne sais pas.
— Et pourquoi ?
— Quand je suis avec lui je pense à toi. Quand je suis avec toi… je pense à lui.
— Menteuse. »

« Cette légende sous la photographie de Nietzsche… elle est tirée d'une lettre ? C'est une plaisanterie ? “Herr Professor, je préfère une chaire à Bâle que d'être Dieu mais je n'ose pas privilégier mon égoïsme au point de négliger la création du monde.” Qu'est-ce que cela signifie ?
— Précisément ce que disent les mots.

— Nietzsche était-il fou ?
— En tant que Nietzsche ou en tant que Dieu ? »

« J'admets que tu me plais. Mais j'ai très peu de place pour toi dans ma vie.
— Je suis toute petite… Je ne prends pas de place… », répond Molly Marks.

8

Quand Molly Marks s'installa à Lindesfarne, Connecticut, elle possédait un chat à trois couleurs nommé Saint-Ives – un gros chat paresseux au caractère fantasque. Elle l'avait pris par gentillesse à une amie de Provincetown qui passait l'été en Italie, et quand celle-ci oublia de le récupérer à son retour Molly pensa, irritée et soulagée à la fois, c'est la fatalité. Elle n'avait jamais voulu se charger d'un animal – ni d'aucune responsabilité d'ailleurs – mais elle avait pris ce chat en affection et ne se laissait plus impressionner par ses changements d'humeur spectaculaires, très semblables aux siens.

L'histoire de certaines vies, songeait-elle, se résume à une succession d'animaux domestiques... Dieu, épargnez-moi *cela* !

Pourtant elle s'entendait avec Saint-Ives. Parfois elle lui criait : « Tu es mon seul ami... et tu n'es qu'un *chat* ! »

Quand des hommes venaient rendre visite à Molly – pour passer la nuit avec elle – Saint-Ives avait l'habitude déconcertante de forcer la porte de la chambre à coucher au milieu de la nuit et de bondir sur le lit en miaulant plaintivement. Quant Molly était seule il se vengeait, prenant farouchement ses distances sauf aux moments où elle le nourrissait. En d'autres occasions il se précipitait vers elle comme un soupirant mal aimé, demandant à être caressé, gratté, dorloté. Il était devenu si lourd que Molly titubait sous son poids quand elle essayait de le porter. Son ronronnement de baryton vibrait contre sa poitrine.

Le premier soir où Jonathan McEwan vint dîner chez elle Molly le surprit en train de regarder Saint-Ives avec un extrême intérêt, presque de la terreur. Ils n'étaient pas encore amants mais intensément attirés l'un par l'autre, le premier avec un sentiment coupable, la seconde avec un espoir enfantin : mon Dieu, faites que cet homme m'aime non comme je le mérite mais comme *je le veux* ! (priait Molly Marks sans la moindre honte, parfois à voix haute, douze fois par jour). Toujours attentive au bien-être d'un invité, elle demanda aussitôt si Jonathan était allergique aux chats. « Non, dit poliment le jeune homme. En fait… je n'en sais rien.

— Certaines personnes sont hostiles aux chats par principe, elles ont des phobies », suggéra Molly mais Jonathan, encore mal à l'aise en sa compagnie, désemparé par la présence de Saint-Ives, se raidit à cette idée. « Le terme clinique est *ailourophobie*, la corrigea-t-il, et ne s'applique pas à mon cas. »

Molly demanda s'il avait des animaux, il répondit qu'il recueillait parfois des tortues, jusqu'au moment où il éprouvait le désir de leur rendre la liberté. Souvent il les trouvait blessées sur la route, ou bien au marché aux puces, dans les foires, entassées les unes sur les autres, cruellement maltraitées. Savait-elle que lorsque la carapace des jeunes tortues est peinte pour des raisons commerciales cela arrête leur croissance et comprime leur corps au point de les tuer ? Quelquefois il achetait tout le stock à un vendeur, le ramenait à la maison et s'efforçait d'enlever la peinture le mieux qu'il pouvait... Il commençait à s'échauffer en parlant et s'interrompit, embarrassé. « Excusez-moi, dit-il à Molly, je me suis laissé emporter par le sujet. »

« Quel homme généreux ! » pensa-t-elle.

C'est lui qui *me* sauvera, se dit-elle.

Jonathan n'aimait pas Saint-Ives bien qu'il s'y efforçât en riant pour prouver sa bonne volonté jusqu'au jour où, au grand embarras de Molly, le chat poussa la porte de la chambre pour se jeter sur le lit à un moment particulièrement délicat. « Il est jaloux », expliqua-t-elle sur un ton d'excuse, et Jonathan répondit : « Non. C'est *moi* qui le suis. » Saint-Ives ne devait plus avoir l'occasion de se manifester de manière aussi théâtrale. Molly le donna à garder à une voisine les nuits où son amant dormait avec elle et lorsqu'ils emménagèrent dans leur nouvel appartement la jeune femme proposa de prendre le chat qu'elle aimait beaucoup. « Il a beaucoup de charme », dit-elle.

En échangeant Saint-Ives contre Jonathan, Molly considéra qu'elle avait conclu un excellent marché.

Quand, début décembre, James McEwan invite pour la première fois Molly Marks chez lui (au dernier étage du brownstone de la 83e Rue Est), elle est stupéfaite de découvrir qu'il possède un chat à trois couleurs si semblable à Saint-Ives qu'elle croit, affolée, revoir son propre animal – bien nourri, insolent, le poil lisse avec les mêmes taches sur la tête et autour des yeux.

Ce ne peut être, pense Molly. Elle est déjà très nerveuse d'avoir accompagné James dans son appartement alors qu'elle devrait être sur la route de Lindesfarne ; la vue de son ancien chat blotti sur le divan, clignant paresseusement les paupières, achève de la troubler.

« Votre chat... me rappelle celui que j'avais autrefois, dit-elle à James. La ressemblance est étrange.

— C'est Danton, répondit-il. Il fait partie de l'appartement. Il n'est à personne. »

Il l'aide à retirer son manteau. Tandis qu'il explique d'un ton amusé, légèrement traînant, les circonstances de sa cohabitation avec ce chat – il n'a aucune attirance particulière pour les animaux et ne tolère celui-ci que parce qu'il ne laisse paraître aucun signe de dépendance à son égard – Molly se rapproche sous le prétexte de caresser Danton et s'aperçoit à son grand soulagement que ce n'est pas Saint-Ives. Les nuances de sa superbe fourrure – noir, brun, roux, fauve, blanc – s'accordent selon un ordre tout à fait différent. Danton a des moustaches noires comme le jais tandis que Saint-Ives les avait marron clair. Du moins Molly croit s'en souvenir.

« La ressemblance est étrange, répète-t-elle.

— Mais sûrement sans importance », dit James McEwan que le sujet ennuie.

Il attire Molly contre lui, glisse les mains à l'intérieur de son chemisier de soie. Il lui pince les seins – les mamelons. « Ça fait mal », proteste la jeune femme. Il l'embrasse dans le cou, la serre si fort dans ses bras qu'elle tressaille. « *Je vous en prie*, supplie-t-elle.

— Alors pourquoi es-tu venue ? » chuchote-t-il, l'haleine humide contre son oreille.

Molly se dégage et s'éloigne, les jambes tremblantes... maladroite, frêle comme une cigogne. L'appartement est inondé par la lumière crue du soleil d'hiver mais elle ne voit rien. Elle est excitée, incrédule, pleine d'appréhension – elle rentre son corsage dans sa jupe et rajuste son joli gilet au crochet – songeant : « Il ne va quand même pas me violer ! Ce n'est pas un maniaque sexuel ! »

« Pourquoi es-tu venue alors, "Holly" ? » demande James McEwan dans son dos, tout près d'elle.

Molly Marks n'a aucune difficulté à se libérer les jeudis après-midi : ses associés sont très désireux de lui plaire, elle constitue « un atout » pour eux. Ils sentent qu'elle est trop qualifiée pour son emploi et redoutent de la voir partir. Aucun problème avec Jonathan non plus. S'il est blessé que Molly ait repris des séances de psychothérapie avec une femme qui exerce à Manhattan, et que lui a recommandée une amie, il n'en laisse rien paraître – il est trop distingué pour cela. La thérapeute s'appelle Wexler – Dr Agnes Wexler. « Oui, dit Jonathan. J'ai entendu dire beaucoup de bien d'elle. Tu ne peux être en de meilleures mains. »

Cela me brise le cœur de mentir à cet homme, pense Molly. Je suis donc folle, se dit-elle. C'est évident !

Environ cent kilomètres séparent Lindesfarne, Connecticut, de la 83e Rue Est – une distance excitante, pense Molly Marks : juste assez longue. Elle a une petite Honda jaune canari qu'elle aime beaucoup conduire et elle n'est pas le genre de femme à avoir peur d'aller seule en ville.

Elle avait besoin, a-t-elle expliqué à Jonathan, de sortir au moins une fois par semaine de Lindesfarne, pour avoir plus d'espace, prendre l'air. Cela lui permettrait d'apprécier mieux encore sa maison. « Je ressens la même chose, dit Jonathan…, mais je n'ai pas besoin d'aller aussi loin pour revenir. »

Quand Molly revit James dans son bureau au mois de novembre, elle ne s'évanouit pas à sa seule vue bien qu'elle éprouvât un fort sentiment de vertige – elle crut qu'il s'en était aperçu. Mais elle se contrôla. Elle parla calmement, avec intelligence. Elle, Holly Hawkes.

Elle dit au Dr McEwan que bien qu'elle désapprouvât totalement ses méthodes – sa « tactique d'intimidation » – elle était *convaincue* qu'il pouvait l'aider mieux que tout autre thérapeute.

« Vraiment ? dit James McEwan, la regardant intensément. Quelle déclaration extravagante ! »

Il avait le sourire de Jonathan – avec une nuance agressive qui évoquait des barbelés. Une fausse douceur, bien sûr. Mais je te mens, espèce de salaud, pensa Molly avec colère.

(Je veux savoir ce que tu as fait à Jonathan. Ce que tu l'as obligé à faire.)

« *Il fallait* que je vous voie, chuchota Molly.

— Bien sûr », répondit James McEwan.

C'était un après-midi de novembre, peu avant le crépuscule. Un froid prématuré, très vif, une odeur de fer dans l'air, Molly Marks – c'est-à-dire Holly Hawkes – frissonnait bien qu'elle se fût vêtue chaudement mais avec élégance, portant un chemisier de soie à manches longues, un petit gilet au crochet, une veste et une jupe en cachemire à mi-mollet. Des bas à dessins, des bottes au genou avec des talons très hauts. Et le chapeau à bord souple merveilleusement doux au toucher, que Jonathan trouvait charmant. Cette fois elle avait natté et enroulé joliment ses cheveux autour de sa tête, son visage avait l'éclat de la porcelaine – elle avait remarqué avec satisfaction que les gens la regardaient dans la rue. Une actrice ? Un mannequin ? *Qui*... ?

Si James McEwan fut surpris de la revoir dans son bureau ou étonné par sa nouvelle apparence, il n'en laissa rien paraître. Quand Molly était arrivée dans un costume très différent à sa seconde séance avec Jonathan, il avait manifesté une certaine *surprise*.

« Vous ne pensiez pas que je reviendrais, n'est-ce pas ? dit-elle finalement.

— Ma chère, répondit James McEwan, je n'ai absolument pas pensé à vous. Espériez-vous le contraire ? »

Maintenant ils sont amants – d'une certaine manière.

Seulement d'une certaine manière, pense Molly.

Holly Hawkes, James McEwan. Des « amants » qui se voient *seulement* une fois par semaine, et cela pour une période donnée, a précisé James en des termes fort peu flatteurs. « Tu sais ce que c'est qu'une assurance tous risques ? demande-t-il.

— Certainement », répond Molly en riant.

Il reconnaît qu'elle est belle, désirable – c'est déjà ça.

Il admire son style. Son art de s'habiller, d'assortir ses vêtements, de se maquiller, de s'inventer des coiffures invraisemblables. Elle a aussi un art dans l'amour, bien qu'elle ait encore beaucoup à apprendre.

« Nous irons lentement, dit James aimablement. Dans le passé j'ai commis l'erreur de me montrer impatient. »

Son cynisme fascine Molly. Il est si naturel, si terre à terre, il lui rappelle l'idéalisme de Jonathan McEwan ; chacun parle sans la moindre hésitation, sans l'ombre d'une ambiguïté.

James lui dit, comme probablement à tous ses clients, qu'il peut la « guérir » d'un ou deux petits problèmes mais en *vaut-elle* la peine ? (James McEwan a des honoraires très élevés, comme il l'a annoncé. Il ne fait aucune concession et ne propose aucun arrangement financier depuis que Holly Hawkes a cédé à ses avances.) L'homme est un animal amoral, dit James, trouvant des raisons pour justifier leurs intentions à tous les deux ; personne n'a la moindre notion de ce qu'il fait ni de ce qui le motive mais... le "névrosé" tient absolument à le savoir.

— Cela, du moins, nous situe dans une catégorie légèrement supérieure ? dit Molly avec ironie.

— Je te l'accorde, répond James. Mais *à peine* supérieure. »

Il rit gaiement et ajoute : « Un homme dans ma position a tant d'avantages... ! *Cela*, bien sûr. (Molly blottie dans ses bras.) Mais aussi le fait que pour rester de ce côté de la folie il faut fréquenter de plus fous que soi. »

Comme je te hais, pense Molly Marks.

« Tu es monstrueusement brillant, dit-elle en se forçant à rire.

— On dirait que ton amant, peu importe qui il est, est un homme très différent de moi, dit James amusé.

— Oui, répond Molly. Il l'est.

— Et tu es fière de lui ?... de "l'avoir", du moins.

— Je le suppose.

— Tu crois que cela durera ?

— Je... je le pense.

— J'imagine que tu comptes avoir un bébé... "fonder un foyer" un jour prochain ?

— Je...

— Pauvre fille ! Comme tu as peur ! »

James s'amuse seulement à la taquiner. Il pourrait montrer de la pitié pour elle mais la moquerie est la plus forte. Il joue à la consoler comme un enfant, avec ses mains et sa bouche ; puis, sans prévenir, il se met à la chatouiller sous les aisselles, sur le ventre, entre les jambes, les doigts durs et rapides, douloureux. Molly se débat en riant, essoufflée, protestant : « S'il te plaît arrête » et : « Non... *je t'en supplie* », ou : « Va te faire foutre, salaud ! »

Finalement elle est excitée, haletante, avide d'un plaisir pur, déchirant... meurtrier. Ils font l'amour – c'est une manière de parler – s'agrippant à la chair de l'autre, avec des hurlements qui ressemblent à des cris d'oiseaux dans le ciel. James la pénètre, il a un rythme rapide, irrégulier comme s'il voulait effacer son mouvement à elle, son élan, ses sensations ; il est lourd et n'a aucun égard – Jonathan si attentionné, avec lequel Molly est lente et ardente, bouleversée de reconnaissance. Les sommets et les retombées du plaisir de James sont imprévisibles. Parfois il a fini au bout de quelques secondes, parfois il fait l'amour longuement à Molly, il aime la brusquer et plaisanter, courbé au-dessus d'elle : « Ferme les yeux, effrontée ! Un peu de modestie ! » Pour Jonathan l'acte d'amour est un rituel sacré, pour James c'est un exercice physique plein d'agrément. Il ruisselle de sueur, inondant le ventre de Molly ; il rit de son visage crispé, de ses yeux égarés, de sa bouche inquiète, ouverte toute grande. Sous sa masse énergique l'énorme lit se balance tel un bateau secoué par l'orage.

« Ne sois pas gênée, chérie. Je t'en prie. »

James est étendu les mains derrière la tête, des poils frisés jaillissant des aisselles. Sa peau a une belle couleur chaude ; des rides profondes encadrent sa bouche comme celle de Jonathan, seules sa position, son arrogance, une lourdeur dans la lèvre indiquent à Molly qui il est... Et il fait jour. Jonathan lui fait rarement l'amour la journée. Il ne la contemple pas non plus de cette façon, comme si elle était un objet de délectation.

Parfois, avec Jonathan, Molly se sent invisible – tant elle est aimée. Avec James elle se sait irrémédiablement visible. Il aime regarder.

« Ne sois pas gênée. Tu étais charmante.

— Je n'ai jamais rien fait de pareil avant », dit-elle tout essoufflée, presque effrayée. Elle suppose qu'il a souvent entendu cette réflexion, avec un accent sincère ou non.

« Oui, mon amour, mais tu l'as imaginé, comme toutes les femmes. Ce qui revient au même. »

« Tu sembles curieusement attirée par ce chat, dit James McEwan, avec de l'impatience dans la voix.

— Oh non… pas vraiment.

— Tu le regardes bizarrement. Et si je ne croyais pas que c'est un effet de mon imagination, je dirais qu'il te le rend bien.

— Eh bien, rit Molly, j'ai eu un chat autrefois, qui lui ressemblait. Dans une certaine mesure.

— Ce chat est associé à une période de ta vie plus heureuse, plus facile, ma chérie… ? Puisque tu le considères ainsi…

— Plus heureuse, non. Plus facile, oui.

— Comme tu sais flatter ! Tu es parfaite pour cela. Tu as fait du mal à ce chat ?

— Bien sûr que non. Je l'aimais beaucoup, en fait.

— Ce qui n'exclut pas que tu lui aies causé du tort. »

Molly rit de nouveau, mal à l'aise.

« Tu remarques que j'en parle comme d'un mâle, dit James. Je le sais parce que tous les chats à trois couleurs sont des mâles.

— Vraiment ?

— Et tous sont jumeaux.

— Jumeaux ?

— Tu n'as pas entendu parler de leur excentricité génétique ?

— Excentricité génétique ?

— Tu parles comme un perroquet, chérie. Oui, les trois couleurs sont des créatures uniques, chacun est à la fois deux jumeaux.

— Je vois, dit lentement Molly. Des jumeaux.

— Tu m'as bien entendu, amour ? J'ai dis que chacun est *à la fois* deux jumeaux. »

James sourit, le regard perdu dans ses rêves : renversé sur les énormes oreillers dans une position de détente absolue, les mains croisées derrière la tête. Molly le regarde obliquement comme si elle redoutait de le voir en face. De si près, son teint est éblouissant, comme éclairé par une lumière intérieure.

(Jonathan a perdu son bronzage depuis des mois mais James a gardé le sien. Il doit se servir d'une lampe. Il rayonne de santé après avoir fait l'amour, songe Molly avec rancune.)

« Chacun est deux jumeaux ? Tu veux dire qu'ils sont nés de la même portée ? »

La remarque de Molly est stupide mais elle ne sait quelle question poser tant le sujet l'excite.

James répète comme s'il parlait à un enfant ou à une débile mentale : « Chaque chat à trois couleurs est constitué de deux jumeaux.

— Je ne comprends pas, dit Molly nerveusement.

— Ce sont des monstres, dit James. Chacun possède des gènes doubles. Quand l'œuf de la chatte est fécondé, des fœtus jumeaux se forment dans l'utérus mais pour une raison quelconque – ah, les tours que nous joue la Nature ! – au bout de plusieurs semaines ils se fondent en un seul organisme : un chat unique, qui possède le matériau génétique de deux jumeaux.

— *Dans un seul chat ?* s'écrie Molly horrifiée.

— Fascinant, n'est-ce pas ?

— Je ne peux pas y croire…
— C’est le jumeau dominant, en quelque sorte. »
James lui sourit. Elle reconnaîtrait ce sourire entre tous, pense-t-elle.

DEUXIÈME PARTIE

9

Molly Marks étudie Jonathan McEwan dix fois par jour sans qu'il s'en aperçoive. Si tu m'aimais vraiment, pense-t-elle, tu me dirais ton secret. Et je ne le reverrais jamais.

Car elle doit découvrir le secret des jumeaux. Ces longues semaines – ces mois ! – elle songe à *cela*, à *lui*, et à *lui*.

En surface, la vie tourbillonnante de Molly Marks – son travail d'assistante pour une société de relations publiques avec trois employés (du moins elle est bien payée, c'est une compensation) ; le réseau d'amis, de relations, d'associés qu'elle s'est constitué grâce à Jonathan McEwan (elle est impatiente de rendre leur hospitalité aux amis de Jonathan de façon à consolider leur foyer et – bien sûr – à ne pas penser à James) ; dépensant son énergie nerveuse dans le centre local de mise en forme (« Je t'en prie, n'en fais pas trop, personne n'aime les jolies femmes trop musclées ! » a dit James) – le seul endroit, songe Molly avec une grimace, où la solitude *paie*. Elle veut conserver ses amitiés dispersées – surtout avec des femmes – et aimerait entretenir des « relations » avec sa famille mais le temps lui manque. Jamais le temps… ! Heureuse pensée. Du moins je sais que je suis vivante, se dit Molly.

Les jours de semaine passent vite, bousculés, incohérents ; parfois elle et Jonathan se voient à peine sauf à l'heure du petit déjeuner (si Molly est levée et de bonne humeur) et le soir (si Jonathan n'a pas un travail urgent à finir). Ils affectionnent les week-ends, ils n'ont rien d'autre. Ils voient des amis, ils vont au cinéma, au concert, au théâtre. Ils longent la côte sans but, la main dans la main. Parfois ils roulent jusqu'à Cape Cod. (La famille McEwan possède une maison d'été à Narragansett, Rhode Island, dit Jonathan… mais il ne semble pas pressé d'y emmener Molly.) Ils découvrent de nouveaux restaurants, préparent des repas chinois dans leur cuisine moderne. Ils forment un couple parfaitement assorti, remarquent les gens. Si américain, si *contemporain*.

Bien sûr, Molly est un peu jalouse du travail de Jonathan. Il signifie pour lui quelque chose qui n'existe pas pour elle. Elle sait que ses clientes, et certains de ses clients, concentrent sur lui leur énergie névrotique (érotique ?). « Le transfert, dit Molly, cette vieille magie noire ! » Elle se plaint de ses longues heures de consultation – en particulier au dispensaire Stamford où il n'est pas payé. Jonathan renonce toujours à l'un de leurs précieux week-ends pour faire une intervention à un colloque de psychologie, ou pour écrire des lettres de référence, ou pour rédiger des comptes rendus de livres pour des revues professionnelles qui payent leurs collaborateurs en tirés à part. Molly ne fait jamais de critique – après tout elle n'est pas une épouse – mais elle sait que certains des associés de Jonathan profitent de sa générosité, de sa gentillesse. Furieuse, elle s'écrie : « Tu ne devrais pas te laisser faire de cette façon, Jonathan ! Tu ne vois pas que ces gens te manipulent ? » Elle pense qu'il devrait diminuer le nombre de ses consultations gratuites et envoyer les notes impayées de ses pires clients à une agence de recouvrement. Quand Jonathan lui répond que son travail ne la regarde pas et qu'elle n'a aucune raison de s'inquiéter, quand il lui dit qu'il est très satisfait de la vie professionnelle, Molly s'écarte, pensant : « *Si le fou persiste dans sa folie il n'en devient que plus fou.* » C'est une remarque de James McEwan, mais non la plus cynique.

« Peut-être que si tu étais plus contente de ton travail, dit judicieusement Jonathan, tu n'opposerais pas d'objection au mien.

— Voici une réflexion bien cruelle. Elle est indigne de toi, répond Molly, blessée. Peut-être que si tu approuvais ma thérapie avec le Dr Wexler, tu serais moins sarcastique avec moi.

— Sarcastique ? Molly, quand... ? Et je n'ai aucune objection à ce que tu voies le Dr Wexler, c'est bien clair ?

— Oui. Non. Je ne sais pas », s'écrie Molly brusquement furieuse.

(Jonathan y voit-il un inconvénient ? Il est sûrement jaloux ? pense Molly. Il ne serait pas humain s'il ne l'était pas, mais, Dieu, est-il humain... ? Les coins de sa jolie bouche tombent, elle ressemble à une gargouille.

Bien sûr Jonathan, doux et généreux, intègre jusqu'au bout des ongles, n'irait jamais jusqu'à interroger Molly sur la nature exacte de ses rendez-vous du jeudi après-midi à New York. Sinon sur un mode très général, au cours d'une conversation : « Tu apprends quelque chose sur toi-même ? »... souriant comme un animateur de talk-show à la télévision. Et Molly répond, impassible : « Oui, je crois. »)

C'est le mois de décembre, huit jours avant Noël. Un soir froid où la lune brille encore. Molly Marks, splendidement vêtue d'un pantalon blanc en soie et laine, ses cheveux étincelants répandus sur ses épaules, boit un peu plus qu'à l'ordinaire mais n'en laisse rien paraître, à la soirée où l'a amenée Jonathan McEwan à New Haven – elle est la plus jolie femme de l'assemblée (la plus jeune) mais non la plus impressionnante. Il y a ici des professeurs de Yale, des avocates, une psychologue renommée qui a récemment publié un ouvrage sur Freud et le féminisme dont Jonathan McEwan a fait l'éloge dans le *Journal of Interpersonal Psychology* dont il est l'un des rédacteurs. Molly Marks évite ces femmes, sachant qu'elles vont lui demander ce qu'elle fait, elle est capable de lancer une phrase désinvolte, grossière (par exemple *Allez vous faire foutre !*), cela blessera Jonathan, il l'aimera un peu moins.

Molly le surveille discrètement, elle pense : Que dirait-*il* de lui ? Elle était avec James il y a vingt-quatre heures, elle se sent encore irréelle.

C'est cela : irréelle.

Molly boit du vin blanc, elle s'entend être drôle, gaie, spirituelle, ou étourdie peut-être, elle refuse de penser à la séance humiliante d'hier dans le bureau de James McEwan (sur le divan de cuir, lieu d'innombrables et fugaces rencontres, devine-t-elle), de songer que James va être absent pendant trois semaines (à la Barbade, où une « ancienne cliente » l'invite dans sa résidence princière), elle veut oublier sa petite phrase au moment du départ, révélant qu'il sait tout de son subterfuge, depuis le début :

« Pourquoi t'obstines-tu, chérie, à te faire appeler "Holly Hawkes" ?

— Comment ? Mais c'est mon nom !

— Quand nous nous sommes vus pour la première fois, au printemps dernier, dans la 57ᵉ Rue je crois, tu as dit que tu t'appelais "Molly". N'est-ce pas ? »

Molly le fixa, muette de stupéfaction.

« … et tu as crié "Jonathan" n'est-ce pas ? dit James en souriant. Une erreur compréhensible puisque nous *sommes* de vrais jumeaux… »

Molly ne veut pas y penser… Elle va se saouler. Après tout, la période de Noël approche, puis ce sera la veille du jour de l'an, l'aube blanche, la neige… Elle a décidé de ne jamais revoir James McEwan. Il a parfaitement choisi son moment, juste avant de partir à la Barbade, aussi la séparation est naturelle, elle a déjà annoncé à Jonathan que le Dr Wexler s'absente trois semaines. (« Ce n'est pas très professionnel… elle aurait dû prendre ses vacances en août », a-t-il observé.) Jamais plus… ! la honte, l'humiliation de mendier le plaisir le plus sordide, comme un bébé qui réclame le lait de sa mère. (Le sperme est-il une sorte de lait… ? Molly se demande si les psychologues les plus imaginatifs ont écrit là-dessus.)

Jamais plus, Dieu soit loué.

Elle en a fini avec Holly Hawkes, en tout cas. C'était comme si on lui avait arraché ses vêtements – en dénonçant son imposture puérile. Suprêmement arrogant, indifférent aux motivations des autres, James McEwan n'a même pas pris la peine d'interroger Molly sur ses raisons ; ni de lui demander pourquoi elle y attache une importance aussi désespérée.

Elle s'amuse follement à cette soirée, elle adore les soirées. Il lui suffit d'être au milieu des invités, un verre à la main, pour s'animer telle une poupée articulée, les yeux brillants, les joues roses d'excitation. Quand elle a trop bu elle a tendance à dire des choses choquantes mais dans ce vacarme personne ne l'entend ni ne s'en souviendra.

Molly remarque avec un sentiment d'exultation que beaucoup d'hommes lui manifestent un intérêt marqué. Quelques-uns ont réussi à lui être présentés, attirés par la souffrance, la dépravation qui émanent d'elle.

« Parlez-moi de Jonathan, intime-t-elle à l'un d'eux, qui semble connaître son amant depuis longtemps... Il répugne à parler de son passé. De sa famille. Il a un frère, n'est-ce pas ? Un jumeau ?

— Je crois que oui, répond l'homme, évasif.

— L'avez-vous déjà rencontré... ?

— Je crains que non.

— Ne sont-ils pas allés ensemble à l'université ?

— Vraiment ? Je l'ignore.

— Ou à l'école ?

— C'était bien avant que je ne connaisse Jonathan. »

L'homme est flatté par l'intérêt de Molly mais il n'est pas prêt à se laisser séduire ; pas en présence de Jonathan qui lance des regards dans leur direction. Molly se penche avec audace, profitant des effets d'un léger excès d'alcool. « Mais pourquoi y a-t-il tant d'animosité entre Jonathan et son frère, dites-moi ? demande-t-elle avec coquetterie.

— *Vraiment ?* répond prudemment son interlocuteur. Je n'en ai jamais entendu parler.

— Son frère est aussi psychothérapeute... Je crois qu'il exerce à New York.

— Ah...

— Je pense qu'il a agi cruellement envers Jonathan, qui ne le lui a jamais pardonné...

— Ah...

— Après toutes ces années, Jonathan en est encore bouleversé...

— *Vraiment.* »

Plus tard dans la soirée Molly poursuit un autre collègue de Jonathan, un thérapeute qui exerce à New Haven, et a fait ses études dans le même institut. Elle lui demande s'il connaît le frère de Jonathan, vous voulez dire son frère jumeau, répond-il, Molly acquiesce, il admet l'avoir rencontré il y a une dizaine d'années en compagnie de son ami – pour la première et la dernière fois.

« Donc il n'a pas fait ses études avec vous ? observe Molly, déçue.

— Non, je crois qu'il a commencé sa formation quelques années après Jonathan. Il faisait autre chose à l'époque – j'ai oublié quoi. Il lui sourit moqueusement. Je ne sais même plus son nom… Joël, Joseph…

— James.

— … et j'ignore ce qu'il est devenu. S'il exerce comme thérapeute il ne fait pas parler de lui – il ne publie pratiquement rien ; il ne s'intéresse pas à la profession de la même façon que Jonathan. Mais Jonathan est spécial, bien sûr.

— Vous ne pouvez rien me dire d'autre sur James ?

— Pas vraiment. Pourquoi cette question ?

— Je suis curieuse, c'est tout. Jonathan est si discret à propos de sa famille…

— Je me souviens que son frère était plus bavard que lui. Il était plus énergique, peut-être. Ils se ressemblaient à un point extraordinaire, même pour des vrais jumeaux – c'était très étrange. Bien sûr ils s'habillaient différemment, ils n'avaient pas la même coupe de cheveux, on voyait qu'ils s'efforçaient de se comporter, de penser autrement, dit-il en secouant la tête d'un air amusé, mais les particularités demeuraient – des petites choses comme l'intonation de la voix, la façon de marcher, le port de tête, le sourire – invisibles à leurs yeux mais parfaitement évidentes pour les autres. »

Il rit. Molly le hait. « Ce doit être l'enfer d'avoir un jumeau, dit-il, je n'y avais jamais pensé jusqu'à présent.

— Moi non plus », répond Molly poliment, en s'éloignant.

Elle songe (dans la salle de bains de son hôte, tandis qu'elle se lave les mains et s'observe d'un œil critique, avec une légère satisfaction, dans la glace : ce regard embrumé, à peine ensommeillé, est tout à fait séduisant) qu'elle a eu tort de poser ces questions sur James McEwan. D'abord, cela incitera les gens à parler d'elle – et de Jonathan ; ensuite, elles peuvent revenir aux oreilles de son amant.

Dieu, tu es saoule, Molly.

Faut-il que tu risques *tout*, Molly ?

C'est le privilège de Jonathan de refuser de parler de son frère, Molly elle-même a le droit (qu'elle n'a pas eu à faire valoir pour l'instant, Jonathan ne posant pas de questions) de garder le silence sur certaines périodes obscures de sa vie… des épisodes sans rien de criminel ni de particulièrement honteux, dont simplement elle préfère ne pas se vanter.

Elle lui a dit, peut-être en terme de promesse, qu'elle respectait sa vie privée.

Mais : *pourquoi* ne veut-il pas en parler ?

Mais : se peut-il que Jonathan lui-même ait commis un acte terrible dont il ne puisse parler ?

Molly se considère dans le miroir avec sévérité. Elle est saoule mais pas à ce point.

Jonathan se penche pour presser sa main gantée dans les siennes et dit : « Tu avais l'air de t'amuser ce soir, Molly… j'en suis très heureux.

— Tu veux dire que j'étais ivre, que je parlais trop fort et que je t'ai embarrassé devant tes amis », répond Molly.

Il lui lance un regard stupéfait, elle reprend aussitôt :

« C'est une plaisanterie, Jonathan. Une plaisanterie. »

Après un silence tendu elle ajoute : « Tes amis sont charmants. Je les aime beaucoup. J'espère que je leur ai plu.

— Quelle drôle d'idée. Bien sûr que tu leur plais.

— Ils ne me connaissent pas.

— C'est un lieu commun. Qu'est-ce que cela signifie ?

— Dis-le-moi. Tu sais toutes les réponses. »

Molly retire sa main. Sa vision se brouille – ou bien la lune est-elle voilée ? Elle pense à l'étreinte puissante de James. Un peu trop puissante. À l'empreinte de ses doigts sur son bras. Aux meurtrissures sur ses cuisses, que Jonathan ne remarquera jamais, ne soupçonnant rien.

« Je pense que tu as raison, concède Molly après un autre silence. À propos de mon travail. De ma succession d'emplois. Ils sont indignes de moi – j'ai besoin d'aider les gens, de m'engager au service de la communauté comme toi. Je ne fais que gagner de l'argent... »

Jonathan rit : « Cela n'a rien de déshonorant, Molly !

— ... et le dépenser. À des futilités. »

(La petite société de relations publiques pour laquelle Molly travaille a fait une percée remarquable ces six derniers mois. Des nouveaux clients, des nouveaux comptes, le téléphone qui sonne continuellement, un député avec de solides appuis financiers qui veut « moderniser » son image, une société de dissolvants chimiques qui souhaite « rehausser » la sienne – après avoir perdu un procès entouré d'une énorme publicité que leur a intenté la commission d'État chargée de l'environnement.)

« Pourquoi es-tu si critique à ton propre égard ? Le Dr Wexler en est-elle responsable ?

— Jonathan, dit Molly, presque sur un ton suppliant, je ne le suis pas suffisamment et tu le sais.

— Je t'aime. Je ne sais rien d'autre.

— Je ne veux pas qu'on me protège.

— Si c'est te protéger que de t'aimer, je ne peux pas m'en empêcher, n'est-ce pas ? »

Brusquement Molly veut sortir de la voiture. Elle ne peut plus respirer.

Tournant la tête vers elle, Jonathan dit avec précaution : « Molly… que se *passe-t-il* ? Tu as tellement changé ces derniers mois.

— Je ne sais pas. C'est toi qui sais.

— Tu veux dire à propos du bébé ? »

Molly hausse les épaules.

« Je croyais que c'était clair entre nous. Mais si tu… si tu ressens très fort… » La voix de Jonathan retombe. Il est embarrassé. Peut-être Molly lui fait-elle peur ? Malgré sa profession, ce n'est pas un homme à parler facilement de questions intimes.

« Je ne te comprends pas », dit-il finalement.

Une vague de colère la saisit. Elle s'entend dire : « Arrête la voiture. Je veux sortir.

— Comment ?

— Arrête-toi. S'il te plaît. »

Elle tourne déjà la poignée, menaçant d'ouvrir la portière, elle est capable de se jeter dehors, de se tuer à cent à l'heure – Jonathan, stupéfait, la supplie de se calmer pour l'amour de Dieu, dans dix minutes ils seront à la maison – elle crie d'une voix rauque « Je veux sortir ! », il n'a plus le choix et freine brutalement. Molly se rue au-dehors, elle court d'un pas incertain sur le gravier gelé au bord de la route, en bottes de chevreau blanc, les larmes font couler son rimmel, c'est la première fois qu'elle se donne en spectacle d'une telle façon, Jonathan l'appelle médusé. Elle entend la voix de James qui se moque. Elle l'imagine assistant à la scène, ricanant. Elle veut courir, courir... jusqu'à s'effondrer, inconsciente...

Lindesfarne est encore à six kilomètres, Molly veut couvrir toute la distance à pied, bien qu'il soit plus de 2 heures du matin et qu'elle soit épuisée... Elle sanglote de frustration. L'air nocturne est glacé mais revigorant. Elle a besoin de cela pour s'éclaircir les idées, elle est déjà hors d'haleine, elle trébuche dans ses bottes à hauts talons achetées chez Bloomingdale, les larmes forment une pellicule givrée sur ses joues, ses cheveux défaits flottent derrière elle, comme l'a dit James McEwan elle est si *extravagante*. Dans quel but ?

Elle a l'intention de rentrer seule à la maison mais Jonathan la suit à une distance respectueuse, pour l'abriter des phares éblouissants des autres voitures et du regard hostile de conducteurs inconnus. Il s'est mis en veilleuses, par galanterie – Jonathan McEwan est ainsi.

« Va-t'en ! hurle-t-elle. Fous-moi la paix ! Je veux être seule ! »

Jonathan recule de quelques mètres à peine, surveillant toujours Molly qui court maladroitement, glissant sur le verglas. Bon Dieu, se dit-elle en furie, il est trop bien élevé pour me crier d'arrêter de me conduire comme une idiote et de remonter dans la voiture...

Après il ne l'accusera pas d'être une femme hystérique. Peu importe ce qu'il en pense à part lui.

« Je t'aime si fort, Jonathan… je ne mérite pas ton amour, dit Molly calmement.

— Ne sois pas stupide, répond-il ravi. Je t'en prie, ne dis pas des choses aussi extravagantes ! »

10

Molly Marks a un rêve répétitif qu'elle s'efforce d'oublier le matin. Mais quand il la réveille en pleine nuit elle reste étendue sans dormir, impuissante, elle en revoit l'image – un visage informe lisse comme un œuf, avec de simples entailles dans la chair à la place des yeux, des minuscules narines pincées, une fente imperceptible pour la bouche. C'est une image de cauchemar, pourtant elle n'est pas terrifiée, elle éprouve un *intérêt* presque clinique.

C'est un masque de chair aveugle, mais imprégné de vie : il « appartient » à quelqu'un.

Un être vivant, une femme sans aucun doute.

Ma jumelle ? se demande Molly.

Elle n'en parle pas à Jonathan, pourquoi le feraitelle ? Si elle le réveille parce qu'elle s'agite dans son sommeil, elle lui dit que ce n'est rien, seulement un rêve, elle l'a déjà oublié, veut-il la prendre dans ses bras, la consoler quelques minutes… ? Ce qu'il fait bien sûr.

11

« Je t'ai manqué un peu ?

— Bien sûr... Tu ne t'en aperçois pas ? »

« Personne ne veut entendre parler de la mort autrement que d'une façon amusante », dit James McEwan et Molly, qui s'apprête à lui parler de la mort de sa mère et de ses propres réactions, s'interrompt.

Elle rit, choquée.

« Tu as entièrement raison », dit-elle.

« Pourquoi n'as-tu fait aucun commentaire, si tu savais qui j'étais... ? Ou plutôt qui je n'étais pas.

— Pourquoi l'aurais-je fait ? Cela ne me regardait pas.

— Vraiment !

— Ne prends pas l'air aussi étonné. Tu n'es pas la première personne à commencer une psychothérapie sous un pseudonyme. "Holly", "Molly"... quelle différence ?

— Mais tu savais que j'étais avec Jonathan.

— Je ne le *savais* pas, je m'en *doutais*.

— Tu n'étais pas curieux ?

— Curieux ? Pourquoi ?

— Je... je croyais que tu aurais pu l'être. Étant donné les circonstances...

— Peut-être existe-t-il des circonstances plus intriguantes dans ma vie, mon amour. »

Un après-midi de janvier le téléphone sonne, James McEwan décroche comme si Molly Marks n'était pas là, n'existait pas. Ils sont au dernier étage du brownstone, dans son appartement, plus précisément dans son lit. James est plus intéressé par sa conversation téléphonique (qui durera vingt minutes affreuses – très animée, ponctuée d'exclamations, d'éclats de rire joyeux et du refrain murmuré *mari... ton mari*) que par sa jolie compagne.

Molly se glisse discrètement hors du lit, enfile l'un des kimonos de James et quitte la chambre, refermant la porte derrière elle. Tu es fort mais je suis résignée, songe-t-elle, le cœur battant de rage.

Pourtant ce sont les termes du contrat, se dit-elle. Peu importe ce que fait cet ignoble salaud ; elle est libre.

Comme le lui ont déclaré les deux frères McEwan à un moment ou à un autre.

Pieds nus, couverte d'une fine transpiration qui la rafraîchit, Molly erre dans l'énorme séjour... Voici Saint-Ives, ou plutôt Danton, vautré sur un rebord de fenêtre. Il la regarde s'approcher, il l'attend. Des yeux verts phosphorescents comme dans un tableau surréaliste.

Le splendide brownstone de la 83e Rue Est appartient exclusivement à James McEwan qui vit tout en haut, exerce la psychothérapie au rez-dechaussée et loue les deux autres étages. « Que c'est beau ! » s'est exclamée Molly Marks la première fois qu'elle a pénétré dans la salle de séjour d'une blancheur éblouissante qui paraissait aussi grande que la totalité du logis qu'elle partage avec Jonathan. « Que c'est *agréable* ! » Elle est envieuse, mais seulement pour elle.

L'habitation de James McEwan ressemble par-dessus tout à un appartement témoin présenté par un décorateur au public. (À l'exception de la chambre à coucher, très utilisée.) Le salon est blanc sur blanc – les murs, le somptueux tapis de haute laine, le piano à queue laqué. Il y a un divan arrondi style Empire, aussi long qu'un petit train de marchandises pense Molly, orné de huit énormes coussins aux tons variés – blanc, bleuté, ocre, beige. Ici et là dans la pièce, des taches de couleur vive qui jurent comme des jeux de mots incongrus : un sofa recouvert d'un tissu à fleurs noires, roses et or, une chaise pop'art en plastique rouge, une petite table en marbre saumon brillante. Vulgaire, à la mode, agressif, comme le maître de maison.

Molly caresse la tête de Danton, le gratte énergiquement derrière les oreilles et sous le menton, comme le lui réclamait Saint-Ives. Le ronron puissant de baryton retentit, réconfortant, mais au bout de quelques minutes Danton se lasse et s'en va.

« *Salaud* », chuchote Molly, vexée.

Seule, sans personne pour l'observer, elle arpente la salle de séjour, cette pièce élégante, sans âme, en quête de preuves, d'informations. James McEwan n'est pas du genre à exposer ses photos de famille, pourtant elle en découvre sur les rayonnages, à des endroits stratégiques – des portraits de lui encadrés (il ressemble tant à Jonathan que le cœur de Molly chavire !), où il pose avec sa raquette de tennis, son club de golf, en maillot de bain, sur le pont d'un yacht aux voiles déployées, bronzé, souriant, avec des lunettes de soleil, rarement seul, toujours en compagnie d'hommes ou de femmes, ses clients et amis. Certaines dames sont très belles, appuyées contre lui, regardant l'objectif avec insistance, leur bras couvert de bracelets glissé dans le sien. Molly se demande laquelle possède une maison d'hiver à la Barbade. Ou bien y en a-t-il plusieurs.

Pourquoi se rendre malade de jalousie, de colère, pourquoi souffrir… c'est sans espoir. James n'est pas Jonathan, il ne l'aime pas. Il *n'aime* pas. Il lui a cité Nietzsche aux instants et dans les postures les plus intimes : « Finalement on aime son désir et non l'objet désiré. » Il a ri de ses larmes stupides et lui a présenté une glace pour l'inviter à se moquer d'elle-même.

Les clients de James sont pour la plupart de riches névrosés. Ils n'ont pas de problème grave – sinon, dit-il, il ne les toucherait pas avec une perche de trois mètres –, il est donc facile de les aider ; ils lui en sont immensément reconnaissants. Et lui témoignent leur gratitude. Ils restent des amis fidèles, des bienfaiteurs, des conseillers financiers bien après que le Dr McEwan les a « guéris ».

Ces gens ont besoin de lui pour gérer leur vie, dit James ; pour vivre, simplement. Certains d'entre eux suivent trois séances par semaine avec lui depuis qu'il a commencé d'exercer à New York – il y a huit ans. Ils se sont tous améliorés, dans une certaine mesure : ils ont vieilli et ont acquis inévitablement de la sagesse. James McEwan est le médecin de leur âme mais aussi leur ami, leur unique ami. (« Je le suis aussi probablement pour toi, chère Molly. ») Tandis que l'amitié, l'amour excluent la vérité, pour James McEwan *le mensonge est incompatible* avec les sentiments – « Ce qui me différencie de la plus grande partie de l'humanité.

— Tu ne mens pas ? Tu en es capable ? demande Molly, sceptique.

— Ai-je dit incapable ? Incorruptible plutôt. »

Molly inspecte les rayonnages et découvre à sa grande surprise qu'ils ressemblent étrangement à ceux de Jonathan... Le dos des livres, les jaquettes, la hauteur de certains ouvrages qui encadrent d'autres plus petits, lui sont familiers. « Je ne veux pas voir cela, pense Molly, je refuse de le savoir. » Elle prend un livre au hasard, un manuel de psychopathologie, elle le feuillette et remarque des annotations au crayon et au stylo-bille bleu ; l'écriture est la même que celle de Jonathan. (Bien que James *soit* droitier – Molly l'a vu de ses propres yeux – et Jonathan gaucher. L'usage qu'il fait de sa main gauche paraît maintenant très bizarre, contre nature à Molly...)

Il n'est pas surprenant que James possède un équipement stéréophonique de haute fidélité très sophistiqué, certainement très coûteux, qui occupe tout un renfoncement, avec des étagères de musique enregistrée qui montent jusqu'au plafond. Molly examine les rangées de disques classés avec soin et voit avec déplaisir que beaucoup des titres appartiennent également à la discothèque de Jonathan. (Bien que James en possède un plus grand nombre, ainsi qu'une collection de cassettes et de disques compacts. Il a un rayon entier de musique électronique, que Jonathan considère totalement dénuée d'intérêt.) Voici le même enregistrement des premières mélodies de Debussy, voici un disque de Tommasini que Jonathan possède, voici le Max Reger (« Douze pièces pour orgue »), Albinoni, Stravinski, Ravel, Brahms, Benjamin Britten, le Bach de Gould, le Beethoven de Schnabel, Rachmaninov par Rachmaninov, les enregistrements de chants grégoriens, les messes médiévales, les chants de la Renaissance, Molly est amusée, puis alarmée, de voir ici et là des disques identiques à ceux qu'elle a achetés à Jonathan, le plus récent étant un recueil de ballades irlandaises dans une enveloppe vert marbré.

Bien sûr ce n'est qu'une coïncidence, *n'est-ce pas* ?

Molly fouille la pièce, elle ouvre les tiroirs, elle admire un long moment d'élégantes figurines de jade sur une étagère fixée à un mur en glace. Jonathan ne possède, à sa connaissance, rien de semblable ; mais elle devine que ce genre de cadeau lui ferait plaisir. Comme c'est beau, Molly, dirait-il en lui souriant. Jamais il ne saurait la source de son inspiration.

« Ah ! Mon amour, que *fais*-tu ? »

Molly crie de frayeur comme James arrive en silence derrière elle. Elle n'a vu son reflet dans le miroir qu'au dernier moment, quand il l'a soulevée dans ses bras comme une vilaine enfant qui mérite une punition. Ses doigts se referment sur ses seins, il presse son sexe contre ses fesses en manière de jeu, il est brutal et Molly n'aime pas ce genre de surprise.

« … Tu farfouilles dans mes affaires ? Et qu'as-tu découvert, chère Molly ? »

Le pire, pense-t-elle ensuite, est qu'elle a levé les yeux et vu Jonathan dans la glace. Jonathan souriant, d'un sourire qui s'est métamorphosé en celui de James : « Que *fais*-tu ? »

(Oui, leurs cheveux frisent dans le sens opposé mais la qualité est exactement la même – l'épaisseur, la souplesse, les mèches argentées, les reflets… Les poils pubiens sont identiques quoique – peut-être Molly l'imagine-t-elle – la toison de James soit plus abondante, plus rêche. Leurs organes sexuels sont identiques sinon leurs appétits et leurs inclinations, les fesses pâles, les genoux osseux, les longs orteils aux ongles décolorés sont les mêmes. Molly ne peut savoir si leurs dents s'abîment de façon symétrique mais dans l'ensemble elles paraissent identiques. Chacun a une incisive gauche légèrement ébréchée qui lui donne un air de Mackie Messer, aux yeux romantiques de Molly.

Les frères partagent un nombre considérable de goûts, de manies, d'habitudes de vie, mais elle ne sait quelle importance accorder à ces similarités. Coïncidence ? déterminisme génétique ? perception extrasensorielle dont aucun des deux hommes n'est conscient ? Jonathan tient sa cigarette dans la main droite et exhale la fumée en plissant la partie gauche de son visage ; James utilise sa main gauche et crispe le côté droit de sa figure en exhalant un nuage de fumée. Jonathan n'a recours au tabac que lorsqu'il est malheureux, James qui ne l'est jamais fume n'importe quand. Il achète la marque de cigarettes que Jonathan fumait quand Molly l'a connu ; maintenant il en essaye d'autres moins fortes, moins agréables, dans le but de renoncer totalement au tabac.

Les deux frères utilisent la même sorte de lames de rasoir, de déodorant, d'aspirine, de pâte dentifrice... James appuie sur le tube au hasard tandis que Jonathan en presse l'extrémité qu'il enroule proprement... bien entendu. Une fois Molly a ouvert furtivement le tiroir supérieur de la commode de James et a découvert le contenu de celui de Jonathan : les chaussettes en boule, les fixe-cravates et les boutons de manchette en vrac, un chausse-pied en plastique noir. James possède une demi-douzaine de bracelets-montres (presque tous des cadeaux de ses clients) dont l'un est celui de Jonathan. Ses vêtements sont plus chers et plus élégants, il en a beaucoup plus, mais ici et là on trouve une veste de sport, une chemise, une cravate, et même un chapeau mou couleur rouille qui appartiennent à Jonathan. Comme la plupart des hommes d'esprit conservateur Jonathan McEwan fait des acquisitions étonnantes de temps à autre, sur un coup de tête apparemment – il s'agit d'objets que possède déjà son frère James.

Comme il serait humilié s'il le savait. Et comme cela amuserait James !

Les goûts de ce dernier en matière de nourriture et de boisson sont beaucoup plus éclectiques que ceux de Jonathan mais leur façon de manger, a découvert Molly, est identique à un point alarmant… à tel point que plus d'une fois à Lindesfarne, elle lance un regard à Jonathan assis en face d'elle à la table et voit son frère, un spectacle qui l'exaspère. Alors Jonathan lève les yeux vers elle, il sourit, et c'est, bien sûr… Jonathan. En mangeant les deux hommes montrent un appétit considérable, en proportion de leur taille ; ils ont tendance à se pencher vers leur assiette, la tête légèrement baissée ; leurs mâchoires puissantes mastiquent, déchiquettent, mordent… Molly songe à d'énormes chats qui dévorent.

James l'accompagne au parking de Lexington où elle a laissé sa voiture. Il va dans cette direction, dit-il, pourquoi ne marcherait-il pas un moment avec elle, c'est le crépuscule, les réverbères s'allument, il est grand, robuste, tête nue, la neige fine fond sur sa peau toujours chaude. Molly, qui lui arrive à l'épaule, glisse son bras sous le sien. Elle rit lorsqu'il la prend dans ses bras pour franchir un trottoir glacé, à la grande joie des passants. « Nous formons un couple séduisant », admet-il, apercevant leur reflet dans les vitres des voitures, dans les portes lisses au reflet cuivré d'un restaurant italien prétentieux au coin de la Quatre-vingt-cinquième et de Lexington. « Bien sûr c'est seulement une affaire de génétique. »

12

Quelques jours plus tard à Lindesfarne, au moment où Molly et Jonathan sortent d'un magasin de produits diététiques très connu où ils achètent le pain complet à grains apparents dont Jonathan raffole, ils rencontrent une connaissance de Molly, pas exactement une amie (jamais elle n'invitera Jenny à dîner, mais elle lui proposera certainement de venir à une réception plus importante, plus mélangée), qui leur sourit en disant : « Je vous ai vus tous les deux à New York la semaine dernière… J'ai fait de grands gestes mais vous n'avez rien remarqué. »

Jenny a l'âge de Molly, elle est jolie avec ses taches de rousseur, divorcée et perpétuellement gaie ; parfois un peu trop désinvolte au goût de Molly, et beaucoup trop familière. Jonathan la connaît à peine, donc c'est à elle de répondre aussitôt avec un sourire éblouissant pour montrer qu'elle n'est pas troublée, ni même irritée, il s'agit simplement de corriger une erreur mineure. « La semaine dernière ? Non… je ne pense pas… nous ne sommes pas allés à New York. »

Jenny se plante en face d'eux, les dévisageant tour à tour. « Mais je t'ai *vue*, Molly, j'en suis certaine. Avec Jonathan.

— Mais non, voyons, dit la jeune femme, tirant discrètement le bras de Jonathan…, tu as dû voir quelqu'un d'autre.

— Je vous ai parfaitement reconnus *tous les deux*. J'en mettrais ma main au feu.

— Nous ne sommes pas allés ensemble à New York depuis des mois », dit Molly. Elle est terrifiée mais fonctionne en pilote automatique ; elle joue la scène aussi naturellement que si un souffleur lui dictait sa réplique depuis les coulisses. « Parfois j'y vais seule… de temps en temps… C'est tout.

— Je pourrais le *jurer*, s'écrie Jenny avec un sourire bizarre, regardant Jonathan comme pour obtenir sa confirmation, mais bien sûr j'ai pu me tromper, c'était de l'autre côté de la rue, il y avait beaucoup de monde…

— Nous avons peut-être des sosies, dit Molly en entraînant Jonathan… on me confond toujours avec quelqu'un d'autre. »

Une fois à la voiture Jonathan demande : « C'est vrai, Molly ? Je n'en savais rien… »

Elle tremble maintenant, c'est visible, mais elle serre les poings, lève calmement les yeux vers son amant et dit : « Quoi ? Qu'est-ce que tu ne savais pas ?

— Qu'on te prend souvent pour une autre.

— Eh bien, répond Molly en avalant sa salive, décidant de s'en tenir à son mensonge… c'est comme ça. »

Le lendemain Molly rencontre Jenny, elle est saisie par la culpabilité mais la salue en souriant, toujours amicale, et son amie dit sur un ton d'excuse : « J'imagine que je me suis trompée l'autre jour.

— Oh, ce n'est rien…, répond Molly prudemment.

— J'aurais juré que c'était toi et Jonathan, vous sortiez du Whitney… J'ai reconnu ce manteau… Tu sais, ta cape rouge ? » Molly fixe Jenny, elle respire profondément et dit : « Oui… eh bien, je ne la portais pas à New York la semaine dernière, et je ne suis pas allée au Whitney. J'imagine que tu nous as simplement confondus avec un autre couple. »

13

« Pourquoi *me* le demander ? dit James négligemment. C'est avec lui que tu vis après tout.

— Jonathan refuse d'en parler.

— … ?

— De lui et de toi. »

James sourit comme si cette information lui faisait plaisir. « Si mon frère refuse de te parler de moi, c'est parce qu'il est depuis toujours obsédé par moi. » Il marque un temps, allume une cigarette. Molly attend la grimace qui accompagne toujours la première bouffée. « En deux mots : il est jaloux de moi.

— Jaloux ?

— C'est pathologique.

— Je ne peux pas croire ça de Jonathan.

— Vraiment ?

— Il paraît plutôt… en colère.

— La jalousie *est* de la colère. De la rage refoulée.

— Il a sa vie, son travail…

— Et toi. »

Molly réfléchit. Elle ne peut définir le ton de cette remarque : ironique ? envieux ? faussement envieux ? purement factuel ?

« Je ne suis pas certaine, dit lentement Molly, qu'il veuille de moi… totalement. »

James se tait, peut-être en a-t-il assez. Molly redoute de le voir regarder sa montre. « Il a commencé à me parler de toi une fois, continue-t-elle…, il est devenu très agité et il s'est arrêté.

— Vraiment.

— Alors je… je me suis interrogée.

— À quel propos, chère Molly ? » demande James. L'accent de sa voix ressemble énormément au ton de Jonathan à certains moments de tension, elle a envie de se boucher les oreilles.

Je dois m'interrompre, pense-t-elle.

« Je me suis demandé pourquoi, dit-elle.

— "Pourquoi"… ? répète sèchement James.

— Il s'est tellement énervé. Je ne l'avais jamais vu dans cet état et en un sens, dit Molly en fronçant le sourcil… en un sens tout a commencé à ce moment-là.

— Molly, ne fais pas ta timide. *Qu*'est-ce qui a commencé ? »

Elle le regarde, elle songe désespérée *toi*.

Elle dit, confuse, baissant les yeux : « Je ne peux pas l'expliquer.

— Bien sûr que si, chérie, dit James en l'attirant vers lui. Si tu essayes. »

La fois suivante où Molly aborde le sujet – comme par hasard –, James se montre étonnamment réceptif. D'humeur joyeuse (il vient de prendre avec Molly une cocaïne de qualité supérieure) il paraît très disposé à parler de Jonathan, jusqu'à un certain point. Peut-être cela l'amuse-t-il ?

« D'abord, je veux préciser qu'il n'existe aucune "animosité" entre mon frère et moi, comme tu sembles le croire. Pour cela, il faudrait que ce sentiment soit partagé. Je t'assure que je n'éprouve rien de ce genre à son égard. Je pense rarement à lui. Il est vrai que de temps à autre les gens me confondent avec lui – et inversement, j'imagine – mais cela ne va pas plus loin. Parfois des connaissances mutuelles m'arrêtent dans la rue et quand ils découvrent que je suis le frère aîné de Jonathan, ils me demandent des nouvelles de lui – je suis parfaitement poli, amical. Je... pourquoi prends-tu cet air stupide, Molly ? J'ai dit quelque chose qui te préoccupe ?

— Tu as prétendu être le "frère aîné" de Jonathan ?

— Eh bien... je suis plus vieux effectivement, de onze minutes.

— De onze minutes !

— Cela fait de moi l'aîné, n'est-ce pas ? Pourquoi souris-tu comme cela ?

— Onze minutes ne sont pas un temps très long... », dit Molly. Elle voit avec inquiétude que James n'avait pas l'intention de plaisanter. Il est on ne peut plus sérieux. « Ce n'est... pas beaucoup.

— Cela te paraît peut-être insignifiant mais c'est inscrit partout. Dans les archives de l'hôpital, sur nos certificats de naissance. Je suis né onze minutes avant Jonathan, la tête en premier, tandis qu'il est sorti plus difficilement, par le siège. Ma mère avait eu un travail laborieux, elle a perdu beaucoup de sang en donnant le jour à Jonathan. Je pesais trois kilos et demi à la naissance et lui un peu moins de trois kilos. Depuis le début – dans l'utérus, peut-être à l'instant même de la conception – j'ai été le jumeau dominant. Je suis sûr que Jonathan a négligé de t'en informer. »

Ce discours fier et passionné stupéfie Molly, qui n'a jamais entendu James McEwan parler en ces termes. « Je crois que si, dit-elle. Il a expliqué que tu "dominais" dans certaines situations – à l'école, surtout – parce qu'il te le permettait. Parce qu'il s'en moquait. »

James éclate d'un rire voluptueux. « C'est très amusant ! C'est une révélation ! "Parce qu'il m'a permis de dominer" ! "Parce qu'il s'en moquait" ! » Il se lève brusquement et se met à marcher de long en large en souriant gaiement. Son agitation provoque des remous dans l'air. « Quelle plaisanterie ! Je suis enchanté que tu me racontes une chose pareille ! J'aurais cru qu'à trente-six ans il avait dépassé sa fixation d'adolescent sur moi, et cette interprétation de nos rapports de "domination" et de "soumission". Ce sont des faits scientifiques, médicaux, qu'il est impossible de contester. Il semble que mon frère trouve même maintenant intolérable d'accepter qu'il est le second, l'inférieur, un simple épigone... » James se frotte les mains énergiquement ; on dirait presque que le pauvre Jonathan assiste à la scène sans le vouloir.

« Je ne peux pas croire ça de..., dit rapidement Molly.

— Sa fierté ! Sa fierté de paranoïaque !

— ... le fait que vous *êtes* jumeaux...

— Oui, mais le *sommes*-nous dans le sens conventionnel du terme ? » demande James. Il est plus calme à présent. Il s'assied près de Molly sur le divan (ils sont dans le séjour, aucune lampe n'est allumée, les lueurs du crépuscule éclairent l'immense baie vitrée, rayonnent dans la pièce avec des reflets pâles, romantiques) ; il lui étreint violemment la main. « Si nous étions absolument identiques, comme l'image du miroir, *il* ne serait pas consumé par la jalousie. Pourquoi serait-il jaloux ? Le drame pour Jonathan c'est que nous ne sommes *pas* semblables.

— Non, dit Molly en se demandant si elle n'est pas en train de trahir Jonathan. Je suppose que non.

— Sauf pour certains détails techniques. Par exemple, le QI. Il t'en a parlé ?

— Non, répond Molly.

— C'est assez curieux, et je ne l'ai jamais vraiment compris, mais quand nous subissions des tests – une floppée de tests, mes parents adoraient ça – notre QI était toujours exactement le même. Nous étions toujours à égalité, deux points en plus, deux points en moins. Invariablement. La dernière fois, c'était en terminale, nous avons obtenu chacun 157 – cela paraît élevé pour Jonathan, n'est-ce pas ? Le niveau des "génies" après tout. » James rit, secouant la tête d'un air incrédule. « Ce qu'il y avait d'étrange c'était que nous arrivions toujours au même résultat, même si l'un de nous se montrait délibérément négligent, oubliait une question ou se sentait fatigué. On nous soupçonnait de tricher bien qu'il fût impossible de deviner comment, étant donné que nous étions interrogés dans des pièces séparées. Un psychologue était convaincu que nous communiquions par des messages extra-sensoriels... ce qui était tout à fait faux. » James s'interrompt pour allumer une cigarette. Il est agité, très excité. Molly pense qu'elle ne l'a jamais vu ressembler autant... à Jonathan. « Je ne crois pas à ces sornettes. La "communication psychique", etc. Il se peut que bébés – quand nous étions vraiment des jumeaux – nous nous soyons sucé mutuellement le pouce, comme le prétendent mes parents – ils trouvaient *mignonne* cette habitude répugnante ! – et on raconte que nous pleurions tour à tour pour appeler notre mère. La plupart des jumeaux se comportent ainsi – même les faux jumeaux. Nos parents affirment aussi que lorsque nous avons appris à ramper, puis à marcher, il semblait toujours que l'un de nous (moi probablement) avançait plus vite que l'autre, qui assimilait ses progrès et le rattrapait en quelques heures. Il existait donc une sorte de transmission osmotique des aptitudes motrices. Le même phénomène s'est produit quand nous avons commencé à parler. *Et* nous avions, comme la plupart des jumeaux, un langage privé, une imitation de la conversation des adultes avec quelques sons de notre code personnel – c'est ce que racontent mes parents. Je n'ai aucun souvenir de cette période de ma vie – cela ne m'intéresse pas le moins du monde. Je vis dans le présent et je conseille la même chose à mes clients parce que si l'on regarde autour de soi on voit que rien d'autre n'existe – en dehors du *moment présent.* »

Molly, mal à l'aise, laisse errer son regard dans la pièce profonde aux angles obscurs qui se confondent dans le crépuscule... Elle sait qu'elle doit partir pour Lindesfarne, il est plus de 6 heures, mais les révélations de James la fascinent. Pourvu qu'il continue de parler ! « Alors tu ne crois pas qu'il ait jamais existé entre toi et Jonathan une sorte de compréhension tacite ? demande-t-elle d'un ton prudent.

— Il a indiqué cela ?

— Non.

— Je suis indigné par le romantisme qui entoure les jumeaux... L'idée que deux individus distincts sont reliés psychiquement, comme les frères siamois Chang et Eng qui étaient rattachés par le sternum ! s'écrie James avec mépris. Bien sûr un jumeau est influencé par l'autre ; et il existe souvent des coïncidences particulières. Mais ça n'a rien à voir avec un lien psychique.

— Cela dépend peut-être de ce que tu entends par "coïncidence" ? observe prudemment Molly. J'ai lu que...

— Par exemple, quand nous étions enfants, Jonathan était constamment sous mon charme. Il me considérait comme son grand frère ; même quand il me résistait, c'était par réaction à *mon* initiative. Il imitait mes maladies et mes accidents comme s'il ne pouvait supporter de rester à l'écart. S'il tombait malade cela ne m'empêchait pas d'être en bonne santé ; dans le cas inverse, il devait s'aliter vingt-quatre heures après moi. L'été de nos dix ans, je me suis cassé la cheville à vélo, et quelques semaines après la même chose lui est arrivée. *C'était précisément la même fracture*, dit James triomphalement. N'est-ce pas révélateur ? »

Molly, qui a entendu une autre version de l'incident, acquiesce d'un murmure.

« Jonathan était très capable de se faire ses propres amis – c'était, c'est toujours j'en suis sûr, quelqu'un de très charmant –, mais non, il voulait *les miens*. Si je m'inscrivais à un cercle il faisait pareil. Quand je me suis présenté comme président de classe – au lycée privé de Wellcome, en première – il s'est laissé convaincre d'être mon vice-président, pour "s'amuser". Nous avons tous les deux gagné, avec le même nombre de voix. Le journal local a publié les résultats – avec l'habituel commentaire à l'eau de rose. Pourquoi les gens s'obstinent-ils à penser que les jumeaux sont *mignons* ! – c'est aussi pervers que l'idée qu'ils étaient des monstres ! Tu sais certainement, ou peut-être pas, que des peuples primitifs tuaient le jumeau né en second… ? qui était d'ordinaire le moins solide et avait peu de chances de survivre. Le premier-né ou jumeau dominant absorbe plus de nourriture dans l'utérus. Dans des cas très rares, dit James en riant, pressant la main de Molly…, il *absorbe le plus petit fœtus* dans le ventre maternel, et ce qui aurait dû être un frère se transforme en une sorte de fossile à l'intérieur de son corps ! Réfléchis à cela ! »

Molly frémit à cette pensée. Son Jonathan bien-aimé métamorphosé en une simple tumeur dans la chair de cet homme immense et fort ?

Mais elle veut qu'il lui parle de Jonathan. Elle l'oriente vers son sujet de départ, demandant quelle impression ils avaient ressentie en allant tous les deux à la même école. « Je suppose qu'on exerçait des pressions sur vous ?... pour vous pousser à travailler aussi bien ?

— *Lui* éprouvait peut-être cela. Pas moi. Je n'avais pas de difficulté à étudier et si mes notes n'étaient pas aussi bonnes que les siennes pendant l'année scolaire – j'étais insouciant, je séchais la classe – je me rattrapais toujours au moment de l'examen final, en étudiant très dur, faisant en quelques jours le travail de plusieurs semaines. Une fois Jonathan a prétendu – j'espère qu'il plaisantait – que je bénéficiais de ses heures d'étude parce que le jour des examens je lisais dans sa pensée pour trouver les réponses justes... Il était furieux d'obtenir exactement les mêmes notes que moi, lui, le "bon" McEwan. Et il n'y pouvait rien. »

Pauvre Jonathan ! pense Molly.

« Bien sûr mes parents avaient eu tort de nous envoyer dans le même établissement – la Wellcome School à Roxbury, dans l'État de New Hampshire. C'est un excellent lycée, très exigeant, mais Jonathan y était désavantagé. Ailleurs il aurait brillé. Il est intelligent, extrêmement sérieux, agréable – tu le sais. Un peu prude, obsédé par le travail, mais il pouvait parfois se montrer gai, amusant. En sport – nous pratiquions le tennis, l'athlétisme, le football – nous étions presque à égalité, si je m'exerçais suffisamment. Jonathan avait des problèmes dans la vie sociale. Ses petites amies s'intéressaient toujours à moi et le laissaient tomber. Il était attiré par les miennes, qui ne lui accordaient aucune attention jusqu'au jour – c'est arrivé si souvent ! – où je cessais de les aimer ; à ce moment-là Jonathan se détournait d'elles lui aussi. Je... »

Il a un débit rapide, enthousiaste, brusquement il s'interrompt. Comme s'il venait de se rappeler quelque chose.

« … Je pense qu'on a assez parlé des jumeaux McEwan pour aujourd'hui, dit-il d'un ton sec. Tu ne dois pas retourner chez *lui* maintenant ? »

14

« Voilà, dit Jonathan. Une surprise. » Ce n'est pas l'anniversaire de Molly, ni un jour de fête, mais elle réfléchit rapidement en ouvrant le paquet – un objet assez volumineux dans une boîte rectangulaire en carton blanc, élégamment emballée – et se rend compte qu'ils se connaissent aujourd'hui depuis trois ans – c'est le 2 février. « … Plutôt un cadeau pour l'appartement, ajoute Jonathan un peu gêné. J'espère que cela te plaira. »

Le joli visage de Molly a rougi de plaisir, elle ne mérite pas ce genre d'attention de la part de Jonathan mais elle ouvre la boîte avec beaucoup d'excitation. « Comme c'est gentil, s'exclame-t-elle. Mon chéri. Tu es *adorable.* »

Elle découvre ce que c'est – une figurine sculptée en jade.

« Oh ! c'est superbe ! » dit-elle.

Elle la regarde sans faire un geste pour la prendre dans ses mains.

« Magnifique, chuchote-t-elle faiblement.

— J'ai pensé que ça te plairait, explique Jonathan… Je me suis dit que cela convenait à tes goûts. »

Il saisit la figurine. Une splendeur : un énorme chat, une panthère de trente centimètres de haut, avec des yeux étroits, une expression légèrement hargneuse, et une longue queue qui remonte avec grâce.

« Admirable », dit Molly, la voix encore mal assurée.

Jonathan est fasciné par l'objet. Il l'a trouvé tout à fait par hasard, raconte-t-il, dans un magasin d'antiquités de Bridgeport, il se promenait dans la rue l'autre jour, il a jeté un regard dans la vitrine et il l'a vu… Il a su que ce serait un cadeau parfait.

« Tu m'as dit une fois, il y a deux ans, que tu avais un faible pour le jade, dit-il. N'est-ce pas ?

— Oh oui, répond Molly. Absolument. » Bien qu'elle n'en ait gardé aucun souvenir et doute avoir jamais prononcé une phrase pareille. Sa passion pour le jade est en fait très récente.

15

« Tu devrais envisager de passer la nuit de jeudi en ville, dit James.

— Je ne peux pas, répond Molly, choquée… Je travaille le vendredi matin.

— Libère-toi pour la matinée, alors. Tu as un emploi du temps souple.

— Je ne *peux* pas. Qu'est-ce que je dirai à Jonathan ? »

Il la regarde comme si elle avait prononcé une phrase absurde, de mauvais goût.

« … Je suppose que je pourrais expliquer que j'ai à faire à Manhattan, hésite-t-elle… Voir des amis, une pièce de théâtre, assister à une conférence…

— Pourquoi faut-il que tu te justifies auprès de *lui*… ? Tu es libre », dit froidement James.

Elle a de la peine à le regarder en face. Ses yeux enfoncés à l'expression endormie, la lourdeur de sa mâchoire, la puissante chaleur de son corps… Il a une présence, une force qui l'attire même lorsqu'elle tente de résister. Comme si le sol sous ses pieds s'inclinait vers lui, l'obligeant à déployer toute son énergie pour garder son équilibre.

« Je… je peux m'inscrire à un cours à la New School…, dit-elle brusquement… Jonathan comprendrait cela. Enfin, je *raconterais* que je suis un cours…

— Plutôt à Columbia, l'interrompt James. La qualité de l'enseignement est supérieure, et l'université est plus proche du cabinet du Dr Wexler.

— Et où suis-je censée dormir ? » demande Molly.

James rit de plaisir, découvrant ses dents. Comme si elle avait enfin fait une réflexion très spirituelle.

Il va sûrement suggérer que ce projet de passer la nuit du jeudi au vendredi avec elle n'est pas sérieux. Mais il se comporte comme si la discussion était close.

« Tu sais..., dit-elle, je pense que ce n'est pas possible... pour moi de passer la nuit en ville.

— Et pourquoi donc, mon amour ?

— Je... j'aimerais bien, mais...

— Oui ? »

Elle ne peut pas le regarder. Il est planté devant elle, avec un sourire ironique. « Il y a mon travail, explique-t-elle faiblement, et bien sûr...

— Oui ?

— Jonathan.

— Ah oui. En quoi cela le concerne-t-il ? nous concerne-t-il ?

— Je ne sais pas quoi lui dire.

— Tu l'as déjà trouvé.

— Je... je ne sais pas si j'ai vraiment envie d'être séparée de lui aussi longtemps, poursuit-elle, incertaine. Il serait tout seul... je lui manquerais. Il pensera que je ne l'aime plus. » Elle est choquée par ses propres paroles : elle ne parvient pas à lever les yeux vers James. « Il... il sera seul tout ce temps. »

Il rit gaiement. « Chérie, dit-il en l'embrassant pour mettre un terme à l'entrevue, tu es libre... tu le sais parfaitement. Fais ce que tu désires.

— Vraiment ? » murmure Molly.

16

Le jour de la Saint-Valentin Molly Marks est interviewée pour un poste d'assistante à la fondation Lyndon Rees dont les bureaux se trouvent près de White Plains. Elle a su que l'emploi était disponible par un des amis de Jonathan qui savait qu'elle était à la recherche d'un emploi plus « gratifiant ». (Pourtant cela irrita Molly d'apprendre que Jonathan lui en avait parlé, comme à d'autres sans doute. Cela pouvait revenir aux oreilles de ses patrons actuels.) La fondation Rees offre des subventions non imposables à des individus et des organisations de caractère artistique ou humanitaire – des groupes écologiques, des abris pour les femmes et les enfants battus, les festivals d'art, la création d'une revue littéraire de prisonniers, une association de locataires par l'ACLU[1]. (« *Fantastique* », a dit James en bâillant quand Molly lui a parlé de la fondation.)

Par cette matinée d'hiver ensoleillée Molly fait une excellente impression sur le directeur et les membres de son conseil, vêtue d'un costume net d'écolière, les cheveux brossés, le visage sans maquillage, l'air sérieux, faisant tourner une bague sur son doigt un peu nerveusement. Elle est souriante, vive, sensible, intelligente…

1. American Civil Liberties Union.

concernée par la « situation » des pauvres, le besoin d'« expression artistique »… Bien sûr, elle est féministe. Énumérant les nombreux cours qu'elle a suivis en sociologie, psychologie, histoire de l'art, littérature anglaise, études américaines, elle omet le fait (en est-ce vraiment un ?) qu'elle ne possède aucun diplôme de Radcliffe… ni d'ailleurs. Si elle accepte ce poste elle aura un salaire bien inférieur à celui qu'elle touche actuellement.

Une heure plus tard elle appelle Jonathan au bureau. « Une bonne nouvelle ! Je commence dans deux semaines ! » Il paraît heureux – bien entendu ; il *doit* l'être, c'était son idée depuis le début. Pourtant son ton est distant, il semble ailleurs. Il la félicite et dit qu'ils devront fêter cela ce soir, il n'a pas le temps de parler, ce n'est pas une très bonne idée de l'appeler au bureau. Sauf en cas d'urgence, ajoute-t-il.

Aussi Molly raccroche-t-elle, honteuse. Elle se demande à qui d'autre elle pourrait téléphoner pour annoncer la bonne nouvelle ? Certes, elle touchera moins d'argent, son emploi sera moins prestigieux, le rythme de travail moins dynamique, mais elle aura quelques satisfactions d'ordre moral. Et d'ordre pratique également : elle ne devra assurer que quatre jours de présence, et sera libre le vendredi.

17

Molly Marks pense calmement : je ne veux plus voir cet homme.

C'est un vendredi matin de mars, ou peut-être déjà l'après-midi. Elle roule à toute allure sur la voie express qui sort de la ville, elle porte des lunettes de soleil pour se protéger de la lumière de la neige, son teint est pâle, sa peau toute chiffonnée. Les yeux injectés de sang à cause du manque de sommeil et de la nuit agitée. Elle revoit son visage stupéfié aperçu dans une glace à l'aube, son rire aux dents ensanglantées. Est-ce possible ? Sa lèvre inférieure est sensible mais pas enflée.

Tu me plais, dit James. Tu es si *douce*.

Tu es si *drôle*, Molly-Holly, dit-il en riant.

Jonathan murmure – timidement, à mots couverts, il est aussi habile que son frère en matière d'allusions – que le moment est peut-être *venu*.

Le moment ?

Peut-être.

(Molly Marks et Jonathan utilisent l'expression « fonder un foyer » quand ils abordent certains sujets. Molly pense qu'après tout personne ne les entend.)

Il soigne tendrement ses tortues qui viennent d'avoir des petits. Des miniatures sculptées : des bébés-tortues si délicieux que Molly sourit. « Il y a tant de beauté dans le monde si nous savons la découvrir », s'écrie

Jonathan avec passion. Il n'a ni sa voix de thérapeute ni sa voix de mari, mais une autre que redoute Molly. La connaît-il seulement ? se demande-t-elle. Quelle beauté voit-il en elle ? le visage, le corps, l'« âme ».

« … Si nous prenons le temps de la voir », se corrige-t-il. Embarrassé par son ton oratoire, Molly Marks est son seul spectateur, elle se penche vers lui et entoure sa taille de son bras, très fort.

« Oh ! Jonathan, je t'aime tant. »

Elle sanglote à moitié, c'est *elle* qui le gêne à présent.

« Ne sois pas stupide, Molly », s'exclame-t-il en riant, ravi, sans savoir ce qu'il dit.

« Ne sois pas idiote », dit James. Viens ici.

Tu aimes ? *Tu aimes ça… ?* Elle entend sa voix, elle ne la reconnaît pas. Une voix aiguë qui se transforme en cri.

James dit, l'entraînant vers un salon de tatouage au coin de Broadway et de la 42e Rue (que, dans un vertige provoqué par l'alcool, elle prend pour une boutique porno – certaines images sont très parlantes) : « Allons nous faire tatouer. Les dames d'abord !

— Oh non, dit Molly en secouant la tête. Oh non non non non !

— Si, répond-il…, voilà qui me plaît : le cœur sacré de Jésus en couleur. Ou bien cela : l'aigle américain dans sa gloire.

— Oh non », s'écrie Molly en riant. Elle voit l'homme à l'aiguille qui la regarde, il a une face molle comme du fromage, des paupières gonflées, des cheveux qui jaillissent de son crâne en fines mèches graisseuses. « Oh *non*, dit-elle d'une voix plus aiguë. … *nooooooooon.* »

C'est une fille splendide. Tout le monde est tourné vers elle dans le salon.

« Je crois que nous préférons les mots aux images, dit sévèrement James. Vous voudrez bien m'excuser, monsieur, mais certaines de vos images sont… un peu minables.

— Je ne veux rien ! hurle Molly. Surtout pas moi !

— La dame désire qu'on inscrive *James* en lettres élégantes, à l'intérieur d'un de ces petits cœurs, poursuit son amant…, sur, disons, son derrière. Combien de temps vous faut-il, combien cela coûtera-t-il ? Votre aiguille est-elle désinfectée ? »

Les hommes confèrent, Molly se surprend à rire bien que la situation n'ait rien de comique. James agrippe son poignet avec violence, le tatoueur la considère avec un mépris extrême.

Molly le fixe dans les yeux, elle secoue la tête pour dire non, non, non, désespérée comme une enfant.

L'homme se lève brusquement de son tabouret, il fait mine de cracher. « Foutez-moi le camp d'ici, vous deux, dit-il, nous n'acceptons pas ce genre de travail, allez donc en face.

— Et si c'est *moi* qui veux être tatoué ? » répond James. L'homme se détourne, il les chasse du geste : « Fichez-moi le camp et plus vite que ça, marmonne-t-il, vous vous êtes trompés d'adresse. »

James se retourne pour crier joyeusement : « Nous reviendrons une autre fois. »

Non, pense calmement Molly Marks, qui quitte l'autoroute pour prendre la sortie de Lindesfarne… Jamais.

18

Jonathan McEwan enseigne ce semestre à Yale ; il dirige un séminaire de doctorat sur les principes de la psychothérapie humaniste dans le cadre du département de psychologie. C'est bien sûr une coïncidence que Molly se soit inscrite à *son* cours à Columbia (le sujet est assez vague, il peut changer d'une semaine à l'autre ; « les interactions sociales », copié sur un catalogue de l'université) au moment où Jonathan a accepté de remplacer un ami à Yale. Il aime enseigner, dit-il, mais cela l'épuise – plus encore que d'écouter ses patients.

Il a paru assez enthousiaste en apprenant la décision soudaine de Molly de suivre un cours du soir ce semestre. Il se demande sûrement pourquoi à l'université de Columbia et non dans une faculté plus proche, pourquoi une nuit sans lui à Manhattan. Il ne paraît ni jaloux ni irrité. Il n'y attache *apparemment* pas d'importance. « Tu me manqueras, dit-il tristement. La maison sera terriblement vide sans toi. »

Mais il retrouve bientôt son ancien emploi du temps du jeudi : il voit des clients tout l'après-midi, puis il dîne rapidement dans un restaurant du quartier (du moins c'est ce qu'il dit : en fait il mange rarement seul et très peu au-dehors, les épouses de ses amis sont enchantées de l'inviter les soirs où il est célibataire).

« Je ne te manquerai pas du tout, dit Molly en se serrant contre lui.

— Eh bien… il ne s'agit que d'une nuit par semaine », dit Jonathan.

19

Une nuit du début avril Molly rêve de nouveau au visage lisse comme un œuf. Pas d'yeux… pas de nez… ni de bouche – juste un masque de chair. À l'intérieur, un être vivant.

Les fentes pour les yeux sont un peu plus distinctes que dans d'autres rêves dont elle a gardé un vague souvenir. La bouche, un trait imperceptible, ressemble plus à… une bouche humaine.

Elle n'en parle pas à Jonathan, jamais elle ne le raconterait à James, jamais.

Petite conne aux rêves débiles. C'est bien ça ? Pourquoi te prendre tellement au sérieux ?

Étendue tout éveillée, couverte de sueur comme si elle venait de faire l'amour, tremblante d'énervement. Ce n'est qu'un rêve après tout, il ne signifie rien. Un rêve, une nuée absurde, surréaliste tel le pire tableau de Dalí (c'est ainsi que James parle des rêves de ses clients), une énigme sans solution, une tracasserie de l'esprit. Jonathan pousse ses patients à parler des rêves qui ont éveillé en eux une forte émotion et à oublier les autres. Évoqués ainsi ils se transforment, devenant de petits récits auxquels nous tentons de donner un sens. « En quoi diffèrent-ils alors de la vie ? » demanda Molly. Jonathan sourit, surpris, comme si elle avait prononcé une phrase drôle. Il ne répondit pas à la question.

20

« Je n'aime pas ces gens et je ne veux plus les voir », dit Molly d'une voix rauque.

La BMW noir métallisé de James roule dans la Dixième Avenue presque déserte à 2 heures du matin, la pluie forme des flaques brillantes sur la chaussée, ils viennent de se disputer, du moins Molly s'est énervée, autant qu'elle puisse se le permettre avec lui.

« Je ne les verrai plus », répète Molly.

Elle tamponne ses yeux barbouillés de maquillage avec un Kleenex roulé en boule.

Aucune circulation dans l'immense avenue, à part quelques taxis qui filent à toute allure. Vers le nord, vers le sud. Molly a la gorge en feu, comme frottée au papier de verre. Ses sinus sont insensibles, comme sous l'effet de la novocaïne.

Ils n'ont jamais été aussi près de se quereller, bien sûr James ne se dispute jamais, ce n'est pas son style. Elle connaît la force du plat de sa main et la violence de son poing (dans des moments de jeu, sous forme d'avertissement), elle ferait mieux de se taire, il est 2 heures du matin, il pleut, James accélère, il dépasse la 37e, la 39e Rue, brûlant les feux rouges, c'est le genre de conducteur (très semblable à Jonathan, mais à une vitesse différente) qui ne supporte pas de lever le pied de la pédale de l'accélérateur, mais elle s'obstine, elle dit « Je te déteste », elle hurle : « Va te faire foutre, laisse-moi sortir de la bagnole, j'en ai marre. » James freine si brutalement qu'elle est projetée contre le pare-brise.

Imperturbable, il se penche sur elle pour ouvrir la portière. Dans la rue, des magasins fermés, des porches obscurs, des poubelles, des tas d'ordures. « Ma chère enfant, nous n'agissons jamais contre *votre* volonté. »

Molly se rue dehors. La voiture démarre en trombe.

Elle a déjà disparu.

« Je pense que cela ne me fait aucun bien, dit Molly à Jonathan. Cela m'inspire des pensées que je n'aurais jamais en temps normal... J'ai l'impression de remuer de la boue. (Elle sourit étrangement.) Du fumier.

— C'est le principe de la thérapie, en un sens », dit Jonathan.

Il s'incline pour l'embrasser avec légèreté mais elle ne paraît pas s'en apercevoir. Elle regarde la pluie qui tambourine contre la fenêtre, pleine d'une joie bizarre, malgré l'accent d'amertume dans sa voix. Elle dit d'un ton amusé : « Je vais cesser les séances.

— Quoi ? » demande Jonathan. Il est aussi surpris, pense Molly, que si elle avait décidé de ne plus le voir.

« Pourquoi ? Ce n'est pas bien ? Cela ne te plaît pas ? dit-elle avec irritation.

— On n'abandonne pas une thérapie sur un coup de tête, Molly.

— Ce n'en est pas un.

— C'est la première fois que tu parles d'arrêter. Depuis combien de mois vois-tu le Dr Wexler... ? depuis novembre... ? et brusquement tu veux laisser tomber ? Pourquoi ?

— Je ne sais pas. Je ne l'aime pas.

— Je croyais que si.

— Je l'aime… comme je ne devrais pas.

— Qu'est-ce que tu entends par là ? demande Jonathan en se raidissant.

— Je l'aime trop… Je veux trop lui plaire. En fait je la déteste, mais je pense tout le temps à elle. C'est à toi que je veux penser », dit Molly d'un ton plaintif.

Il rit et l'embrasse de nouveau. « Je te l'ai dit, chérie, c'est le principe de la thérapie – réveiller des sentiments enfouis. Mes clients suivent le même processus. Je suis sûr qu'ils me détestent, certains d'entre eux m'aiment, et pensent trop à moi – du moins, au “Dr McEwan” – et naturellement cela les irrite. Tu ne progresserais pas, Molly, si tu n'éprouvais pas ces sentiments.

— Vraiment, dit-elle.

— Tu te dois d'essayer encore, au moins le temps de quelques séances, déclare-t-il d'un ton grave. Tu le dois à ta thérapeute.

— Vraiment », soupire Molly. Elle déplie son mouchoir humide et se mouche. Elle a la tête dans le brouillard.

21

La mère de Molly Marks a disparu !

À l'heure du déjeuner, au cours d'une conversation avec plusieurs jeunes femmes rencontrées depuis peu à White Plains où est abordé le sujet des mères et des filles, elle se rend compte que le regard maternel sur sa vie a cessé de l'obséder depuis quelque temps.

Elle est donc guérie, songe-t-elle amusée. De cela, du moins.

22

« Je crois que je suis enceinte, dit Molly avec précaution. J'en suis presque sûre. Je le saurai dans quelques jours.

— Est-il au courant ?

— Que j'attends les résultats du labo ? Non.

— Pourquoi pas ? Vous ne partagez pas ces choses-là ?

— Je crois..., dit Molly, puis elle marque un temps..., que je ne voulais pas l'effrayer.

— Mais *il* veut un enfant lui aussi. Tu me l'as déjà dit.

— Oui, j'imagine que oui.

— Pauvre Molly-Dolly, tu as l'air sincèrement désolée.

— C'est vrai ?

— J'aime quand tu as cet air-là. Quand tu fais cette moue déçue.

— Pourquoi déçue ? demande Molly en le regardant. Je ne le suis absolument pas.

— Si tu veux un bébé, comme tu le prétends, tu devrais être plus heureuse, non ? Rayonnante même... ! Comme si un produit crémeux, délicieux était injecté sous ta peau ? J'aime les femmes enceintes... jusqu'à un certain point.

— Merci, répond Molly la voix pleine de sarcasme.

— Tu sembles le prendre terriblement au sérieux, dit James. T'inquiéter de sa réaction... la redouter même. Après tout il a simplement fourni le sperme. Lui, ou moi. Le mécanisme s'est mis en route. »

Molly se tait. Elle a une violente envie de se cacher le visage dans les mains.

James poursuit d'un même ton désinvolte : « Freud nous apprend que l'amour romantique est la "sublimation de l'individu" mais *nous* savons, ma chère, que Freud était un porc. Jung, avec ses élans mystiques, sa poésie débordante... son engouement pour le féminin... est plus à notre goût. Considère-toi comme l'*anima* de mon frère : quittant l'archétype de la jeune fille pour celui de la mère. Peut-être est-il temps, tu as bientôt trente ans. »

Molly est encore silencieuse. Elle se sent inerte, molle comme un animal de nature indéfinie, une méduse peut-être qui flotte, plonge et surnage au gré d'une eau saumâtre. Loin de contrôler son organisme, elle se soumet à lui : Molly Marks, enfin enceinte !

« Je sens en effet que j'approche de la trentaine, dit-elle sèchement. Je me sens alourdie par le poids des années. »

James rit comme si elle avait fait une réflexion drôle mais Molly le connaît suffisamment pour ne pas se laisser prendre. Du moins il s'efforce d'être gentil. (De façon toujours inattendue, il essaie parfois d'être agréable, doux, attentionné, soucieux de son bien-être... Jonathan McEwan se comporte ainsi tout le temps, apparemment sans aucun effort.) Molly, vêtue d'un kimono, est assise les jambes et les pieds nus au bord du splendide divan blanc, les cheveux dans les yeux, elle éprouve une sorte de tiédeur dans les reins, comme une légère pulsation. Vaguement déprimée après l'étreinte – bien sûr si elle est enceinte, rien ne pourra changer cette certitude. Même les résultats des analyses.

Elle se réveille de sa torpeur, boit une gorgée de son verre, les glaçons ont fondu et le liquide s'est réchauffé dans la moiteur de ses mains. « Merde », chuchote-t-elle.

James lui touche l'épaule, la pince légèrement. « Redoutes-tu, ma chère, que le bébé soit de moi... ? Cela ne m'inquiète pas du tout. L'enfant est exclusivement ton affaire. J'ai une politique dans ce domaine et je ne m'en écarte jamais, fais-moi confiance. Si une femme décide d'avoir un bébé dont je pourrais être, ou dont je suis effectivement le père, c'est son choix, dit-il avec une certaine gentillesse. De toute façon, mes gènes sont les mêmes que ceux de Jonathan. Il n'y aura aucun problème d'hérédité – l'enfant ne pourra mettre son père dans l'embarras parce qu'il ne lui ressemble pas ou se comporte très différemment. Mais tu sais tout cela, Molly, dit-il d'un ton rusé, la pinçant plus fort, tu y as déjà réfléchi. »

Elle lève les yeux vers lui sans sourire. « Quel est votre secret, à toi et à Jonathan ? demande-t-elle. Je veux le savoir. Maintenant.

— Il n'y a rien “entre” nous, comme j'ai tenté de te l'expliquer, dit James patiemment. Les sentiments absurdes qu'il éprouve à mon égard le concernent ; je t'assure que je ne les partage pas.

— Mais il est arrivé quelque chose entre vous. Tu lui as *fait* quelque chose.

— C'est ce qu'il raconte ? Il ment. Je n'ai jamais agi contre sa volonté, je te l'affirme.

— Qu'as-tu fait ?

— Quand ?

— Il y a dix ans.

— Pourquoi “dix ans” ? Pourquoi pas vingt, vingt-cinq, trente-six... ? le moment de la conception ? s’écrie James avec un rire irrité.
— S’il te plaît dis-le-moi, supplie Molly. Je ne te demanderai rien d’autre.
— Ne lui as-tu pas posé la question ?
— Il refuse de répondre.
— Propose-lui d’échanger son secret contre le tien.
— Le mien ? Qu’est-ce que cela signifie ? dit-elle. Je n’ai aucun secret.
— Vraiment, Molly ! répond-il en éclatant de rire.
— C’est-à-dire... dans mon passé, explique-t-elle confuse. Rien de... fondamental.
— Qu’est-ce qui te fait croire que ça l’est ?
— L’as-tu trahi d’une manière ou d’une autre ? L’as-tu ridiculisé ?
— Pourquoi t’accroches-tu à cette histoire ! s’énerve James. On a l’impression qu’il occupe une place capitale dans nos vies.
— Jonathan *est* ton frère. »
James rit. « Je vais nous verser encore une petite vodka, Molly. Ensuite tu ferais mieux de t’habiller et de te mettre en route pour ta banlieue du Connecticut.
— Pourquoi te hait-il à ce point ?
— Molly, quelle question tu *me* poses ! Demande-le-lui donc... puisque tu es obsédée par ses émotions infantiles.
— Il veut m’épouser. Il a laissé entendre que nous devrions nous marier – puisqu’il n’y a aucune raison de ne pas le faire. Et maintenant, dit Molly en choisissant ses mots, si je suis enceinte...
— Tu parais vraiment attachée à lui d’une façon morbide, dit-il méchamment. Jonathan, né le dernier. Le dernier partout.
— C’est faux.

— Pas du tout. Tu le crois d'un niveau supérieur ? *Lui* ? Personne ne connaît ton amant plus intimement que moi, je te l'assure. Je le connais de l'intérieur – en un sens je *suis* lui – et moi. Je suis allé au-delà de lui – j'ai dépassé ses limites.

— Je ne te comprends pas, dit Molly effrayée. De quoi parles-tu ?

— Je ne peux pas m'expliquer plus clairement. Je suis Jonathan McEwan ; mais aussi James, un homme plus intelligent, plus intuitif, plus expérimenté ; à l'âme plus vaste, pourrait-on dire. Allons, Molly Marks, tu dois le savoir… le *sentir* ! Sinon que fais-tu ici avec moi ? Au lieu d'être là-bas avec lui ?

— Je… je ne te crois pas, dit Molly. Je te défends de prétendre ces choses.

— Mais le psychisme de Jonathan est transparent comme de l'eau de roche, et tout aussi insaisissable ! Il cache sa paranoïa sous un masque d'hypocrisie. Il cache sa jalousie pathologique pour son frère aîné, qui le domine – sa jalousie à l'égard de tous les hommes supérieurs – sous son personnage juste, bon, généreux. Ce que tu as pris pour la personnalité de Jonathan McEwan n'est qu'une apparence – un mélange de traits de caractère conscients ou non, qu'il aimerait posséder ou avoir l'air de posséder. Une mise en scène pathétique, Molly, tu ne tarderas pas à t'en apercevoir. »

Il a un débit rapide, impitoyable. Molly n'a jamais entendu des mots pareils. Elle dit avec hésitation : « Tu… tu le hais et tu le calomnies. C'est…

— Je ne calomnie personne, rétorque James. Je te l'ai déjà dit… je ne mens jamais.

— Je ne crois pas ces histoires sur Jonathan ! » s'écrie-t-elle avec colère. Elle pose son verre sur la table mais il glisse de ses mains humides et tombe à terre. En voyant cela elle le pousse violemment du pied avec un petit cri aigu. Elle se lève, martelant ses cuisses de ses poings, hurlant. « Tu mens, je le sais... tu *mens* à propos de ton frère ! Je devrais lui répéter les horreurs que tu racontes sur lui ! »

James essuie son pantalon avec un mouchoir, en apparence impassible. Molly voit que ses lèvres ont blanchi ; Jonathan réagit de la même façon quand il est en rage.

« Le lui répéter ? Vas-y, Molly. Répète-lui ce qui t'amusera.

— Je pense qu'en réalité tu es jaloux de lui. »

James hausse les épaules.

« Je pense que tu es obsédé par *lui*.

— Va-t'en, Molly Marks. Tu trouveras la porte toute seule.

— Je crois même, dit-elle en reculant légèrement, que tu ne le connais pas. Plus. Tel qu'il est à présent. Tel que je le connais. »

James la considère avec un dégoût sincère. « Va-t'en, va-t'en. Habille-toi et rentre chez toi. En quelques minutes tu as perdu ta beauté. Et c'est d'elle que dépend tout ton charme. »

Molly pétrifiée, accablée, fixe James McEwan. Elle a déjà vu Jonathan dans cet état, mais jamais son frère. Le visage lourd est en feu, les traits crispés, les muscles des mâchoires tendus ; les paupières tremblent imperceptiblement. Elle sait que si elle le touche elle sentira le frémissement de son corps.

« Si tu tiens à ce que je m'en aille...

— Absolument.

— Alors j'y vais. »

Elle court dans la salle de bains, elle claque la porte, elle ne l'a pas entendu venir et n'a jamais imaginé qu'il pouvait être aussi rapide, silencieux, il est juste derrière elle, le visage contorsionné par la rage. Elle lève les bras pour se protéger mais il les écarte. Il la gifle à toute volée, sur les deux joues, il la secoue contre le mur, déplaçant une glace qui manque se briser. « Salope. Garce. *Sale conne* », chuchote-t-il.

Il la traîne dans la chambre. Plus tard, quand Molly sanglote, enfouissant son visage dans les oreillers pour étouffer ses cris, il dit : « Maintenant *va-t'en* avant que je perde mon contrôle. *Fous le camp*. »

23

Quand les résultats des analyses arrivent – oui : le test est positif, Molly Marks *est* enceinte – cela n'a plus d'importance. Inutile d'y penser, se dit Molly sans amertume, raisonnant d'une façon pratique tandis qu'elle endure des règles particulièrement abondantes : deux jours au lit avec des crampes très douloureuses, des nausées, une migraine insupportable, réconfortante – soignée à la codéine, ce qui lui convient parfaitement. Maintenant elle a la tête comme du coton et c'est bien.

Toute cette souffrance n'échappe pas tout à fait à Jonathan McEwan, qui lui prodigue tendrement ses attentions… Bien sûr il croit qu'il s'agit du mal habituel, à un degré un peu plus fort.

Il lui apporte de la tisane au lit, ou dans la salle de séjour où elle se repose sur le divan ; il réchauffe des potages Campbell au poulet dont elle était friande à l'époque où elle vivait seule. Il est attentionné, plein de sollicitude, un peu embarrassé comme n'importe quel mari, amant, petit ami, jeune garçon. « Pauvre Molly, dit-il en posant sa main à plat sur son ventre. Ça ne va pas durer. Tu seras en pleine forme avant d'avoir dit ouf. » Sa main est brûlante. Molly voudrait qu'elle reste toujours là.

Elle sait qu'il faut éviter les moments trop solennels. Elle connaît le prix d'une plaisanterie dans des situations comme celle-ci. « C'est juste un prétexte pour ne pas aller travailler, dit-elle. Pour décommander Wexler cette semaine », ajoute-t-elle en souriant tristement.

Mais si joliment : la pâleur sied à Molly Marks.

TROISIÈME PARTIE

24

C'est en juin, presque une année jour pour jour après l'emménagement de Molly Marks et de Jonathan McEwan dans l'appartement au sixième étage des Greenwood Towers, que survient le coup de téléphone : une simple coïncidence bien sûr. La sonnerie retentit à 11 h 45, Molly décroche le récepteur. « Allô », dit-elle gaiement, espérant que l'appel est destiné à Jonathan, c'est samedi, elle a une quantité de courses et de travaux à faire, une de ces matinées où rien d'important ni d'amusant ne risque de se produire, elle est en jean et T-shirt, pieds nus, ses cheveux humides sèchent sur ses épaules, elle n'est pas maquillée, sa peau est nette, innocente comme celle d'une jeune fille. « Allô ? » dit-elle de sa voix efficace, devinant déjà qui l'appelle, et pourquoi. Elle n'a pas eu de nouvelles de James McEwan depuis environ huit semaines mais elle a pensé à lui de façon presque constante, c'est une présence souterraine dans sa vie, une douleur lancinante, comme celle provoquée par une dent, elle attendait qu'il se passe quelque chose et maintenant « Allô Molly Marks », dit la voix familière, intime, moqueuse comme sa propre voix intérieure, maintenant c'est lui. « Comment vont les choses dans la banlieue du Connecticut ? »

Jonathan tape à la machine dans son bureau à l'autre bout de l'appartement, Molly est dans la cuisine, appuyée contre la porte. « Je… je ne peux pas te parler maintenant, dit-elle faiblement.

— *Il* est là ?

— Non. Je veux dire oui. Il est à la maison. » Elle se sent gagnée par la panique, elle a une sensation de mal de mer. « Je ne peux pas parler en ce moment, s'empresse-t-elle d'ajouter. Il faut que je raccroche. Je n'ai rien à te dire.

— On ne s'est pas vus depuis un bout de temps, chérie. Tu m'as manqué. »

Molly ferme les yeux. Elle frémit, respire profondément et se prépare.

« Je ne t'ai pas manqué ?

— Non.

— Chère Molly, pas de timidité. Dis-moi la vérité…

— Je ne veux plus te voir. Ni te parler.

— Je comprends parfaitement que tu ne veuilles plus me voir, que tu te préoccupes de… *Es*-tu enceinte ?

— Oui.

— … de ta grossesse et de ta vie avec mon frère. De la meilleure façon de gérer la situation. De tirer le maximum de ce pis-aller… mais évitons *ce sujet*, je sais que tu y es très sensible. » James s'interrompt. Molly croit l'entendre respirer. « Molly ? Je t'ai manqué, avoue-le… Dire que tu ne veux plus me voir n'est pas exactement la même chose, après tout.

— Je vais raccrocher, dit Molly. J'en ai fini avec tout ça.

— Qu'est-ce que tu lui as raconté ?

— Je ne veux pas te *parler*. Je te déteste.

— Oui, bien sûr, c'est normal. Mais tu m'aimes quand même, ce n'est pas la peine d'essayer de cacher tes sentiments. Que lui as-tu *dit* ?

— Quoi ? Je ne comprends pas. Quand ? » demande Molly. Ses yeux parcourent la cuisine étincelante, sans se poser nulle part. Elle se sent faible, son cœur bat très fort dans sa poitrine. Pourquoi a-t-il appelé ? Pourquoi aujourd'hui ?

« À propos de ton "thérapeute" et du reste. Cela fait longtemps que nous n'avons pas été en contact.

— J'ai dit que j'avais laissé tomber. Que j'en avais assez.

— Alors tu viens moins souvent à New York ? »

Molly étouffe un petit rire.

« Tu me déçois, dit James offensé. Tu es grossière, insensible, tu ne ressembles pas du tout à la Molly que j'adorais. »

Salaud, pense-t-elle.

« Tu m'as déçu ce soir-là, et tu me déçois à présent. Tu ne crois pas que tu me dois quelque chose ?

— Tu es dingue ? *Te* devoir quoi ?

— Tu le sais parfaitement.

— Après ce que tu as fait ? Tu...

— Après ce que tu as fait *toi*. Admets-le.

— Pourquoi agis-tu ainsi ? supplie Molly. Je te l'ai dit... Je suis enceinte... » Elle baisse le ton pour répéter son mensonge. Elle distingue toujours le bruit de la machine à écrire.

« Je t'ai dit que j'aimais les femmes enceintes jusqu'à un certain point, dit James. Il te faut encore des mois pour y arriver.

— Tu veux seulement nous faire du mal. Blesser Jonathan.

— *Il* n'a rien à voir avec tout ça, je t'assure », dit James, irrité. Comme Molly se tait il ajoute : « *Je* veux te revoir cette semaine. Le jeudi, comme d'habitude ?

— Tu es fou ?

— Jeudi, même heure, même endroit ? »

Il est cinglé, pense-t-elle.

« Pour moi c'est fini, se hâte-t-elle de dire. Je vais raccrocher.

— Parce que tu vas avoir un bébé… qui pourrait en fait être *le nôtre* ? »

Molly ne pensait plus à cela. Elle a tout oublié, elle dit avec colère, incohérente : « Il ne l'est pas. Je mentais. Il n'est absolument pas de toi.

— Même heure, même endroit ? Jeudi prochain ?

— *Il n'est absolument pas de…*

— Au revoir mon amour ! »

Et James McEwan raccroche.

« Molly ? Qui était-ce ? demande Jonathan McEwan. Quelque chose ne va pas ? »

Elle ne l'a pas entendu venir.

Elle sursaute en le voyant. Voici James McEwan qui se penche sur elle avec son immense corps, sa grosse tête, ses yeux enfoncés qui la scrutent, les lourdes mâchoires avec leur perpétuelle ombre bleue. « Tout va bien », répond-elle aussitôt. Elle sourit, elle sait inventer dans l'instant des mensonges plausibles. « Quelqu'un de la fondation… une urgence mineure, je crois que tout est arrangé à présent. »

Jonathan la croit bien sûr, pourquoi la soupçonnerait-il ? malgré son air effrayé, inquiet, un peu coupable… elle est assez astucieuse pour en faire une anecdote amusante, parfaitement crédible, qu'il écoute distraitement et ne retiendra pas. Une minute plus tard il est de nouveau à son bureau, Molly reste dans la cuisine, appuyée contre l'évier, la tête baissée, les cheveux en avant… Elle ne serait pas plus agitée, plus intimidée si James McEwan était apparu à la porte. S'il était entré à ce moment même.

25

« Tu veux... essayer encore ? »

La voix de Jonathan est si douce, si pleine de sollicitude que Molly n'enregistre pas tout de suite le *tu*. Après avoir fait l'amour elle n'est plus en état de s'en souvenir ni de l'interpréter.

Jonathan McEwan est le moins méfiant des hommes et il la croit. À propos de la thérapie entamée avec la mythique Agnes Wexler, puis interrompue (« J'ai simplement senti que j'avais appris tout ce dont j'avais besoin, tout ce que je voulais savoir sur moi-même »), à propos des cours du soir brusquement abandonnés. Il l'a crue toutes ces semaines, tous ces mois et ne lui a donné aucune raison de penser qu'il doutait d'elle, absorbé par son travail, sa carrière, les nombreuses personnes, hommes et femmes, qui constituent l'existence complexe où elle n'a aucune part. Molly est parfois, très souvent même, jalouse de *lui* ; ou peut-être pour lui. Et elle l'est bien sûr, pourquoi ne pas l'admettre, de James McEwan.

Si seulement il était mort ! songe-t-elle.

Même heure, même endroit ? a dit complaisamment ce fils de pute mais Molly Marks ne fait pas le trajet jusqu'à New York. Elle ne téléphone pas non plus. (Il ne l'appelle pas. Pourtant elle attend pendant des jours un signe de lui, avec une anxiété grandissante. Chaque fois que retentit la sonnerie du téléphone elle s'arrête de respirer…)

C'est ce que tu mérites, pense-t-elle.

Toutes ces semaines, tous ces mois, jamais Jonathan n'a eu le moindre soupçon, faisant l'amour avec elle parfois quelques heures à peine après son frère, croyant tout ce qu'elle disait, ou paraissant le croire. Elle se demande si elle a sauvé sa vie.

Elle éprouve du soulagement. De la culpabilité – bien sûr. Du remords.

Et un mépris subtil ?

C'est un fantasme voluptueux et ignoble, un fantasme d'adolescente attardée qui lui procure un certain plaisir. Il se déroule comme une bande vidéo qui repasse mécaniquement les mêmes images tandis que Molly Marks roule sur la route nationale pour se rendre à White Plains et en revenir, pendant qu'elle se douche, prépare les repas, autant d'activités solitaires qui libèrent l'imagination… Elle fait l'acquisition d'une arme, peu importe comment, elle va le trouver, lui tire une balle dans le cœur, mieux, dans le bas-ventre : *Ça t'apprendra !* Saint-Ives est le seul témoin.

C'est-à-dire Danton.

Le fantasme devient si familier qu'il perd son intérêt, Molly bâille. Comment trouver une arme, de toute manière ?

Molly Marks ne va pas à New York et a fermement l'intention de ne jamais revoir James McEwan, mais en faisant l'amour avec Jonathan, les yeux fermés très fort, son corps mince tendu comme un arc, elle se surprend souvent à penser à… James ; voyant dans son imagination non Jonathan qu'elle aime mais James qu'elle déteste ; entendant le ton moqueur de James, sa voix insidieuse. Elle étreint Jonathan terrifiée à l'idée de crier le nom de James. Elle veut le retenir en elle, l'engloutir, elle prononce son nom comme une incantation *Jonathan Jonathan Jonathan*… jusqu'à perdre conscience de ce qu'elle fait et refuse de dire.

26

En préparant leurs vacances d'août, un voyage paisible le long de la côte, jusque dans le Maine et peut-être en Nouvelle-Écosse si Jonathan a le temps, s'il ne devient pas nerveux loin de son travail et de ses clients comme cela lui arrive d'habitude, Molly referme les doigts sur ses cheveux, elle lui secoue la tête et, taquine : « Le Dr McEwan a-t-il le complexe du Sauveur... ? Oh non ! », il rougit mais ne semble pas contrarié sur le moment bien qu'elle sente un peu plus tard un frisson de panique en lui. Pourquoi a-t-elle dit une chose pareille ?

Comme *s'il* chuchotait dans son oreille.

Mais Jonathan n'est pas vexé, il a une nature trop douce. Il prend cela pour un sarcasme inoffensif ; il n'y voit même pas une remarque d'épouse envahissante : Cela ne te suffit-il pas d'être avec moi ? Je ne te *suffis* pas ?

« Tu n'avais pas une maison dans la région ? À Narragansett ? demande Molly en levant les yeux de la carte de Nouvelle-Angleterre... sur la côte de Rhode Island ? »

Jonathan fronce le sourcil : « Qui est-ce qui t'a raconté ça ? Moi ? »

Un instant terrible, Molly se demande si elle tient ce renseignement de James.

« Toi… je suppose. Nous sommes passés une fois près de là. Tu…

— Elle est vendue, dit Jonathan. Elle ne nous appartient plus.

— Oh, je vois, répond Molly. Tu ne m'avais pas dit cela.

— Elle est vendue depuis longtemps », continue-t-il. Il a un ton faux, évasif, une voix qui ment mais sans conviction.

Il ne sait pas mentir non plus, songe Molly.

Bien sûr elle n'insiste pas. Elle n'en a nullement l'intention. Près de cinq semaines après le coup de téléphone de James McEwan, elle considère qu'elle a sauvé sa vie.

27

« Jonathan… ! »

Molly Marks lève les yeux de son bureau à la fondation Rees pour voir Jonathan McEwan sur le seuil de sa porte ouverte, s'apprêtant à frapper sans s'être fait annoncer. C'est une journée splendide de la mi-septembre, il est près de midi et il est venu la chercher pour déjeuner si elle est libre, si elle n'a pas de réunion… ? « J'espère que je ne dérange pas », dit-il. Il paraît un peu gauche, intimidé dans ce nouveau cadre où sa présence est déplacée, considérant le minuscule bureau de Molly comme si, le découvrant enfin, il souhaitait le trouver plus impressionnant. Molly se lève d'un bond, elle s'accroche à sa taille et l'embrasse. Elle lui assure qu'il ne la dérange absolument pas, elle est enchantée de le voir. Elle baisse la voix pour que personne ne l'entende en passant dans le couloir. « Quelle merveilleuse surprise, Jonathan, s'écrie-t-elle tout heureuse. Je pensais justement à toi. »

Elle doit finir un travail, aussi Jonathan l'attend quelques minutes dehors, assis sur le bord d'un mur qui domine l'esplanade contiguë à la fondation, elle n'est pas réellement libre pour le déjeuner mais c'est une occasion spéciale, elle ne veut pas la rater. Jonathan promet depuis des mois de passer à son bureau, il est toujours trop occupé.

« C'est un cadre très agréable », dit Jonathan comme ils traversent l'esplanade main dans la main. Il regarde avec attention les arbres en pots, la fontaine en mosaïque, les jets d'eau en cascade. « Tu as de la chance de travailler ici.

— Oh, je t'ai dit ce que j'en pense, observe Molly.

— C'est un lieu très sympathique », insiste-t-il, peut-être pour l'encourager. Il est encore un peu guindé, Molly attribue cela au sentiment de ne pas être à sa place ici et à son inquiétude d'avoir fait intrusion dans sa vie professionnelle ; elle est d'humeur trop douce, trop joyeuse pour remarquer ou saisir le sens de certains détails incongrus : Jonathan porte des lunettes de soleil cerclées de métal et non de plastique noir – en général il ne les met pas – sa veste sport est d'un brun trop clair, son pantalon aussi, elle ne l'a jamais vu avec ces chaussures qui ont pourtant un air familier, elle ne réfléchit pas à tout cela, pauvre idiote, elle a maintenant glissé son bras sous le sien et bavarde gaiement, un peu nerveuse sans savoir pourquoi, peut-être à cause de la forte émotion qu'elle ressent en présence de Jonathan et de sa surprise quand elle l'a vu apparaître brusquement à sa porte, souriant, de façon si inattendue : « Molly ? Je t'emmène déjeuner, j'espère que je ne te dérange pas ?

— Oh non, s'est-elle écriée, joyeuse comme une petite fille… bien sûr que non, mon chéri. »

Elle pensera ensuite : Dieu comment ai-je pu.

Molly Marks conduit l'homme qu'elle croit être son amant en haut de la rue, vers l'unique bon restaurant du quartier, un lieu frais, sombre et confortable, orné de bois verni et de cuivre, avec des serveurs à la voix douce et d'énormes menus à lettres d'or garnis de glands, rédigés en français, il commande une bonne bouteille de vin blanc, c'est un geste qui ne lui ressemble pas (« Mais c'est un jour spécial ») et Molly gagnée par l'humeur de fête se laisse entraîner dans la conversation jusqu'à la fin de cette mascarade, trois quarts d'heure plus tard.

Ce n'est pas Jonathan McEwan qu'elle aime mais James McEwan qu'elle déteste, comment a-t-elle pu être aussi *idiote*, aussi *conne*, se reprochera-t-elle pendant des jours, durant le reste de sa vie, revoyant son sourire timide, ses yeux aux lourdes paupières fixés sur elle avec un immense intérêt, avec amour. Il est assez habile pour l'encourager à parler par ses questions ; l'empêchant ainsi de l'interroger sur lui. De temps en temps il lui étreint la main. Il rit de ses remarques spirituelles, de ses charmantes petites histoires.

« C'est une merveilleuse surprise, répète maintes fois Molly. Tu ne peux pas imaginer comme cela m'a fait du bien de te voir. »

Le serveur leur apporte des plats délicieux, Molly a bien choisi le restaurant. « Nous devrions faire cela plus souvent », dit l'homme qu'elle prend pour Jonathan, ajoutant « Chérie » avec un clin d'œil, comme s'il s'agissait d'une bonne plaisanterie. L'espace d'une seconde Molly perçoit dans sa voix un accent déplacé, une légère note de complicité, de moquerie, elle ne peut en être sûre et chasse cette idée, pourtant ce clin d'œil a quelque chose d'ignoble, Jonathan McEwan lui a-t-il jamais cligné de l'œil durant tous ces mois d'intimité ? Non.

L'appellerait-il « chérie » de cette façon ?

Molly pose son verre de vin, les doigts tremblants. Non. Oui. Mais non, c'est impossible. Elle voit maintenant le mépris qui déforme ses lèvres, l'hilarité grossière qui métamorphose le visage de son compagnon.

James McEwan : qui lui sourit ouvertement à présent.

« *Toi !* » crie Molly.

Il est déjà debout tandis qu'elle essaye encore de se lever. Il lui saisit le bras, la force à se rasseoir.

« Non, dit-il d'une voix menaçante. Pas de scène. »

Molly obéit. Muette, stupéfiée. Si humiliée, si profondément choquée qu'elle n'est même pas en colère.

James parle rapidement, avec une conviction forcée, sentant qu'elle est au bord de la crise d'hystérie. Il est désolé, dit-il, de l'avoir trompée mais il n'avait pas d'autre moyen de la voir, elle lui a *réellement* manqué et il ne peut croire que le contraire soit faux.

Il lui maintient toujours le bras pour l'obliger à rester immobile. Il a le visage en feu, ses yeux méchants brillent, pleins de triomphe, oh, le comique de la situation est irrésistible : « ... Pauvre Molly, s'écrie-t-il en explosant de rire..., si tu te voyais », il ne peut plus s'arrêter, emporté par une gaieté bruyante et vulgaire qui attire les regards des autres clients. Molly se cache la figure dans sa serviette en lin. Sa peau la brûle, elle sanglote, elle a une crise de hoquets, elle éprouve une telle honte, une telle humiliation qu'elle voudrait avoir son petit revolver à manche de nacre, l'arme imaginaire qu'elle transporte dans son sac à main et utilisera un jour pour tuer son séducteur d'une balle en plein cœur, ou dans le ventre. « Salaud, chuchote-t-elle, *connard*.

— Pas si fort, chérie, dit James en s'essuyant les yeux. Des inconnus vont t'entendre, ils ne comprendront pas. »

Peu a peu il se détend ; il lui fait assez confiance pour lui lâcher le bras. Il vide le fond de la bouteille dans son verre. Il lui demande s'il doit en commander une seconde ou si elle préfère perdre son temps à bouder.

« *Ordure*, chuchote-t-elle.

— Le vin, donc », dit James, faisant signe au serveur.

Quand ils quittent le restaurant pour marcher sous le soleil éclatant d'automne, Molly s'est ressaisie : elle ne le reverra pas, dit-elle.

James rit, il répond qu'elle ne parle pas sérieusement. Ils se verront de nouveau c'est sûr. Ils feront encore l'amour.

Molly secoue la tête, non, sûrement pas, elle s'éloigne rapidement. Elle a trop bu, la nourriture qu'elle a absorbée pèse sur son estomac, elle a un goût amer dans la bouche, cette fois c'est assez.

« Parle-lui de Sandra Shearer... "Sandy Shearer" », lui crie-t-il d'une voix méchante, quand elle se retourne, il lui sourit, la main levée pour la saluer, ce pourrait être – encore – Jonathan McEwan qu'elle aime, et non James McEwan qu'elle hait.

« "Sandy Shearer", dit-il... Essaie ce nom-là. »

28

« Tu sais, Molly, je ne suis jamais venu à White Plains pour visiter ton bureau... Tu m'as invité, n'est-ce pas... »

C'est tôt un matin, quelques jours après la visite de James. Jonathan qui est en train de se raser parle à Molly dans la chambre, avec une insistance étrange.

« Je suis toujours invité ? Que dis-tu de lundi de... »

Molly feint de ne pas entendre. Elle quitte aussitôt la pièce, se précipitant pieds nus dans la cuisine pour faire le café.

Avant de sortir de l'appartement pour aller travailler Jonathan remet le sujet sur le tapis comme s'il se remémorait un rêve dont le message lui échappe. Molly l'a invité, il n'a pas encore accepté sa proposition, que pense-t-elle de lundi prochain ? « Nous pourrions déjeuner ensemble quelque part, dit-il, inspiré. Si tu es libre. Si je suis toujours invité. »

Molly répond très vite, sans rencontrer son regard. « Je crains que ce ne soit pas très impressionnant... mon bureau, mon travail. »

Puis : « Je crois que je ne suis pas libre lundi... Ni le reste de la semaine... »

Elle se détourne pour que Jonathan ne voie pas son visage. Elle ne veut pas qu'il découvre son expression en ce moment.

« Eh bien, dit-il blessé, ce n'est pas vraiment un bon moment pour moi non plus. »

Né en dernier, murmure James sournoisement.
Le dernier partout.

Ils s'apprêtent à déguster un dîner que Molly s'est donné beaucoup de peine à préparer et naturellement le téléphone sonne… ce qui se reproduira deux ou trois fois dans la soirée… puisque Jonathan refuse de se mettre aux abonnés absents quand il est à la maison… « Cela paraît malhonnête » – Molly reste à table sans manger, les mains sur les genoux parce qu'elle est trop en colère contre le Dr McEwan qui est si pressé de répondre à cette putain de sonnerie, si disposé à sympathiser, à écouter « jusqu'au bout », si lent à mettre fin à la communication comme s'il avait entièrement oublié sa compagne qu'il aime et qui est amoureuse de lui, de lui seulement. Parfois le correspondant qui les interrompt est un « client », parfois c'est un « collègue », Molly se demande si la différence est vraiment importante.

« Quelle sangsue était-ce ? » dit-elle quand Jonathan revient enfin. La flamme des bougies vacille sur son passage.

« Molly, proteste-t-il sur un ton de reproche.

— Quel emmerdeur ?

— C'est une affaire assez urgente mais elle ne te concerne en rien, dit Jonathan, alors parlons d'autre chose. S'il te plaît. »

Molly a brusquement une envie féroce de briser une assiette – de la jeter par terre – mais il ne comprendrait pas son geste.

Elle ne peut s'empêcher de dire légèrement : « Certains d'entre nous se prennent pour Jésus-Christ, n'est-ce pas ? » Jonathan ne relève pas sa remarque, il ne se laissera pas entraîner dans une dispute, pas tout de suite, cela viendra plus tard, Molly le sait, ce soir au moment de se déshabiller, de se coucher, quand elle l'embrassera en refermant ses doigts dans ses cheveux il dira doucement : « Molly, qu'est-ce que tu entends exactement par cette histoire de Christ, c'est au moins la deuxième fois que tu en parles, qu'as-tu donc derrière la tête ? » Ce sera le tour de Molly, terrifiée, de ne pas sombrer dans une querelle. Pas maintenant.

Sandra Shearer.

« Sandy » Shearer.

Molly a écrit ce nom des douzaines de fois, distraitement, l'esprit ailleurs, à son bureau, pendant des réunions ou le soir, dans la marge d'une revue qu'elle lit et jettera dans la corbeille à papier… de justesse la fois où Jonathan veut y jeter un coup d'œil, c'est un magazine féminin, elle se croyait à l'abri, griffonnant *Sandra Shearer, « Sandy » Shearer*, noircissant les espaces vides sans même s'en apercevoir.

Essaie donc cela, a dit James avec ironie, mais Molly s'y refuse, elle n'osera pas.

Puis le père de Jonathan meurt. Celui-ci s'envole soudainement pour l'Arizona. Molly reste seule dans l'appartement pendant douze longs jours au lieu des trois ou quatre prévus au départ (« Toutes sortes de complications de famille, lui dit Jonathan au téléphone… ne me pose pas de questions ») et elle songe que dans des circonstances aussi désagréables c'est un avantage de ne pas être mariée. Mais aussi un inconvénient, raisonne-t-elle.

Un soir tard, elle ne sait pas pourquoi, elle n'a aucune intention de lui parler… Elle compose le numéro personnel de James McEwan à Manhattan. Bien sûr il n'est pas là, c'est une téléphoniste qui répond et elle raccroche brutalement. Le lendemain matin, toujours sans en connaître la raison, elle téléphone à son bureau et la réceptionniste lui répond que le Dr McEwan a dû quitter la ville pour se rendre à l'enterrement d'un parent, désire-t-elle laisser son nom et un message… « Non merci », dit Molly d'un ton mystérieux, non sans méchanceté. « Une fois m'a suffi. »

Jonathan l'appelle, non par devoir espère-t-elle, mais avec une diligence certaine, tous les soirs à 6 heures. « Je me sens seule, dit-elle mélancolique, … l'appartement est bizarre sans toi. » Il répond sur un ton vague « Oui bien sûr », comme s'il n'écoutait pas, « tu me manques aussi ». Il paraît distrait, un peu bref, et lui parle rarement plus de dix minutes. Il raconte à Molly que son père avait quatre-vingt-trois ans et était en mauvaise santé depuis des années mais que sa mère n'en est pas moins très ébranlée par sa disparition. Seulement pour un temps, souhaite-t-il.

« Moi aussi », dit Molly.

(Si elle juge curieux depuis assez longtemps que Jonathan McEwan ne semble guère pressé de la présenter à ses proches, elle se garde de faire la moindre réflexion à ce sujet. La famille de Jonathan est son affaire, celle de Molly la sienne.)

Molly parle de temps en temps à son père, au téléphone. Il sait qu'elle « cohabite » avec un homme mais ne cherche pas à en savoir plus long et elle ne l'y encourage pas. « Tant que tu sais ce que tu fais », tel a été son unique commentaire sur la vie de sa fille depuis onze ans, elle lui a toujours répondu joyeusement : « Bien sûr papa… *je* le sais. » C'est tout. Quand elle dit à Jonathan avec un air d'excuse que le moment n'est pas encore venu pour lui de rencontrer son père, peut-être le jour où ils auront fixé avec certitude la date du mariage, peut-être ce jour-là… il approuve ; il n'émet jamais la moindre objection. « Je suis sûre que tu lui plairais beaucoup », ajoute-t-elle avec espoir. « Certainement », répond Jonathan. Et le sujet est habilement escamoté.

Le cinquième jour de l'absence de son amant elle demande d'un ton anodin : « Ton frère… est-*il* avec toi ? Reste-t-*il* aussi longtemps ?

— Non, bien sûr que non », dit-il très vite.

Il y a un silence lourd, désagréable.

« Tu veux dire qu'il n'est pas venu du tout ? » insiste Molly troublée.

Jonathan rit, on dirait le grincement d'une pelle sur la glace. « Mon frère ne considère pas les obligations familiales avec autant de sérieux que moi, dit-il.

— Je vois », observe Molly.

Ce qui n'est pas tout à fait vrai.

« Il ne prend pas *la famille* au sérieux, ajoute Jonathan.

— Je… je suis désolée de l'apprendre. »

De nouveau un blanc. Molly répète faiblement, ne sachant que dire d'autre : « Je suis désolée.

— Pourquoi le serais-tu ? demande-t-il froidement. Cela n'a rien à voir avec toi. »

29

Sandra Shearer.

« *Sandy.* »

Ici, dans l'album de la Wellcome School, parmi la douzaine de *S* de la classe de terminale de 1968. La voici qui sourit à Molly Marks. Qu'elle est jolie… ! Qu'elle est jeune !

Elle a signé à l'encre rouge, avec des fioritures et des points d'exclamation, *Cher Jonathan, je t'aimerai toujours, Sandy*, inscrivant la date, 13 juin 1968, et encadrant sa photographie d'une chaîne de cœurs au dessin alambiqué.

C'était il y a longtemps, l'encre a passé.

Molly avale sa salive. *Mon Dieu elle me ressemble*, puis elle chasse immédiatement cette pensée. Parce que ce n'est pas tout à fait vrai. La fille a le visage plus plein qu'elle ne l'avait à dix-sept ans ; elle a les cheveux courts, tandis que Molly a toujours porté les siens longs – jusqu'à aujourd'hui. L'autre est mignonne, infiniment douce et elle paraît beaucoup plus innocente que Molly au même âge. Plus vulnérable.

« Voici donc "Sandy Shearer" », pense la jeune femme.

Pour une raison mystérieuse ses yeux s'emplissent de larmes. Pourquoi ?

Elle étudie la photographie de Sandra, regrettant qu'elle ne soit pas en couleur. Les cheveux châtains ? Les yeux marron ? Le teint ? En dessous il y a l'habituelle litanie, la liste des activités – National Merit Society, présidente du chœur de Wellcome, équipe féminine de volley-ball intra-muros, membre de la rédaction de *Clarion*, prix d'anglais et de français, etc. Une fille jolie, intelligente, populaire. Classique. Pourquoi est-ce aussi triste ? se demande Molly. Elle n'a aucune raison de penser qu'elle est morte.

Elle revient aux *M*, trouve *McEwan*, et, sans y être vraiment préparée, la photographie de Jonathan – à côté d'un rectangle soigneusement découpé où James devait figurer.

Molly frémit comme si elle avait vu quelque chose d'interdit. Jonathan a-t-il toujours haï James à ce point ? Ou bien a-t-il supprimé son image ultérieurement ?

Jonathan est reconnaissable immédiatement malgré son étonnante jeunesse... presque un enfant... les joues moins pleines, l'expression hésitante de la bouche, les yeux légèrement plissés comme s'il attendait le flash du photographe. Un soupçon d'acné sur le front. Un petit sourire réservé.

Molly étudie la ressemblance, elle pense que déjà à l'époque elle aurait été attirée par lui.

« Pauvre Jonathan », se dit-elle.

À côté de lui il y a seulement cet espace... vide. Pas de James McEwan. Même la légende a disparu.

Elle feuillette l'album, redoutant ce qu'elle va y trouver. Oui, Jonathan a soigneusement découpé sa photographie en plusieurs autres endroits... laissant la sienne intacte. Sur un cliché de groupe où apparaît la rédaction du journal de l'école, Jonathan McEwan se tient au dernier rang, un garçon grand et solide qui sourit à l'appareil, sur sa droite il y a un trou. Au-dessous la mention est restée : *James McEwan*.

Quel mépris, songe Molly. Quelle cruauté.

Elle reconnaît Sandra Shearer sur cette photo, une fille plus grande qu'elle ne l'aurait cru. Très jolie, si douce… à première vue. Ce sourire posé qui lui rappelle ce qu'elle était au même âge. L'inclinaison de la tête, absolument charmante.

On veut être jolie, séduisante, spirituelle, populaire…

Le maximum.

Molly enfouit son visage dans les pages brillantes, elle respire profondément. Cette odeur âpre, indéfinissable… reconnaissable entre toutes… d'un vieil album de classe que personne n'a ouvert depuis longtemps.

Elle a commis un acte risqué en l'absence de Jonathan, le regrettera-t-elle ?

Comme Pandore, qui a ouvert la boîte interdite !

Il est peu vraisemblable, cependant, que Jonathan s'en aperçoive jamais. Elle prend soin de tout remettre dans les boîtes en carton – soigneusement datées, emballées – qu'elle range exactement à la même place dans le placard du bureau de Jonathan. Des documents très ordinaires dans l'ensemble qui ne peuvent en rien le gêner (à part les photographies découpées dans l'album et ailleurs) ni entamer son intégrité morale.

Des papiers personnels, des dossiers, des notes d'étudiant, des centaines de pages de notes, tapées à la main et des enveloppes jaunes ouvertes, remplies de photos (très peu hélas) et de coupures de presse (peu nombreuses également, tirées du journal local de sa ville : *Les jumeaux McEwan remportent la palme ex-aequo. Les jumeaux McEwan gagnent le même nombre de points en tête de l'équipe de Wellcome pour la saison 66-67. Les jumeaux McEwan obtiennent des bourses du National Merit*). La plupart des objets personnels de Jonathan McEwan sont impersonnels, pense Molly, ou pourraient appartenir à n'importe qui.

Étrange, le peu de lettres d'amis. Aucune lettre d'amour. S'il en a reçu, ce qui est certainement le cas, il ne les a pas conservées. Molly est glacée à l'idée que si elle rompt un jour avec lui, il ne gardera pas de trace de leur vie commune. Elle non plus.

Cette nuit-là elle dort très mal. Elle rêve à la face lisse, au visage de Sandra Shearer et au sien, qui se mélangent indifféremment comme des cartes à jouer.

30

« Dites-moi tout ce que vous pouvez sur elle, demande Molly. Tout. »

Une Mlle Riordan du bureau des anciens élèves à la Wellcome School de Roxbury, New Hampshire, lui fournit donc quelques faits sur Sandra Shearer en 68 : elle venait de Fitchburg dans le Massachusetts, avait une moyenne de 17 sur 20 et obtint la quatrième place, avec mention, dans une classe de soixante-quinze élèves ; elle reçut une quantité de récompenses et de distinctions, on lui accorda une bourse du National Merit et elle s'inscrivit à Mount Holyoke ; elle ne semble pas avoir assisté à la dixième réunion de sa classe en 1978, et n'a répondu à aucun courrier concernant les anciens élèves… « Mais elle est en vie ? » demande anxieusement Molly.

Mlle Riordan la regarde à travers les épais verres de ses lunettes. « Rien ne nous indique qu'elle soit morte, dit-elle. Avez-vous une raison de le croire ? » Molly Marks murmure que non, pas vraiment, elle n'a pas eu de nouvelles de sa vieille amie Sandra Shearer depuis très longtemps, c'est tout.

Elle parle avec M. Muller, directeur de la Wellcome School, un petit homme à la poignée de main énergique, tout sourire malgré son œil perçant, il se montre soupçonneux au début (fait-elle une étude journalistique sur l'établissement... ? écrit-elle un article pour le *New York Times* sur la drogue dans les écoles privées ?) bien qu'il réponde sans difficulté à ses questions et soit disposé à l'aider : bien sûr il se souvient de la jeune fille, bien que sa description ressemble à celle d'innombrables élèves – excellente en classe, sérieuse, travailleuse, digne de confiance, appréciée par ses camarades, parfaitement dans la lignée de Wellcome School, etc. Il y a trop de Sandy, pense Molly. Nous sommes trop nombreuses. Quand M. Muller demande pourquoi elle s'intéresse à la jeune femme, Molly donne la même réponse qu'à Mlle Riordan et détourne la conversation avant qu'il n'ait le temps de poser une autre question (par exemple, pourquoi Molly n'a-t-elle pas contacté la famille de son amie) – « Vous souvenez-vous aussi des jumeaux McEwan, qui ont quitté l'école la même année, en 1968 ? Jonathan et James... ? » L'expression du directeur s'anime, il se les rappelle parfaitement. « Ah oui... James et Jonathan, dit-il en hochant la tête... bien sûr. »

Il en a gardé un souvenir réjoui mais imprécis, c'étaient d'excellents élèves, studieux, etc. « On les confondait toujours, parce que c'étaient des vrais jumeaux, ce qui entraînait parfois une certaine... confusion. »

Dans le bâtiment d'anglais en brique rouge, de style géorgien, Molly parle à un M. Paxton, président du département, qui semble à la fois se méfier d'elle et être très intrigué, une amie de Sandra Shearer, de l'année 68... ? vraiment ? Molly n'est-elle pas beaucoup plus jeune ? Elle rougit avec grâce et répond : « Oh, je le suis moins que je ne le parais... » M. Paxton ne se souvient pas de Sandra, il le dit honnêtement : « Ma capacité à évoquer les Sandy s'est dangereusement émoussée en vingt-cinq ans », mais il se rappelle les jumeaux McEwan : « Ah oui… James et Jonathan », s'écrie-t-il sans hésiter, avec une expression semblable à celle de M. Muller. Il a obligé Jonathan qui était le plus maniable, explique-t-il à Molly, à porter un bracelet très visible pour permettre aux gens de reconnaître les deux frères ; bien entendu James, le farceur – « Un garçon très brillant, parfois un peu démoniaque : je me suis souvent demandé ce qu'il est devenu » –, s'était aussi mis à en porter un.

« À l'époque Jonathan était l'un de mes meilleurs élèves, dit M. Paxton, mais comme la plupart des jumeaux – plutôt des moitiés d'une paire de jumeaux – il ne se laissait pas connaître facilement. Il a écrit une fois un petit texte impressionniste très étrange dont je me souviens aujourd'hui encore : il disait qu'il se sentait plus en sécurité physiquement parce qu'il avait un double, mais moins dans d'autres domaines car son jumeau anticipait tout ce qu'il faisait. C'était, pensait-il, son aîné… de dix minutes…

— Onze », corrige Molly.

M. Paxton la regarde bizarrement. « Êtes-vous aussi une vieille amie des frères McEwan ? »

Elle rit, elle remarque d'un ton léger : « Comme vous le disiez… il est difficile de bien connaître des jumeaux. »

Elle parle ensuite à une Mme Flynn, une Mlle Kizer, une Mlle Hennecott, d'anciens membres du corps professoral qui s'efforcent de leur mieux de se souvenir de Sandra Shearer en 1968, une fille travailleuse, jolie, populaire, n'était-elle pas présidente de classe, n'a-t-elle pas obtenu son diplôme avec mention et… ici Mlle Hennecott, la monitrice d'éducation physique, s'interrompt pour se caresser la tempe, une expression peinée dans ses beaux yeux bruns – ne lui est-il pas arrivé malheur quelques années après son départ de

Wellcome – « … Sa jeune sœur est venue ici, elle m'a raconté que Sandra avait eu un accident, et avait dû être hospitalisée très longtemps… » Perdue dans ses pensées, elle se tait, Molly se penche vivement : « Un accident ? Quel genre d'accident ? » et la femme, toujours la main sur la tempe, fronce le front : « Pas en voiture… plutôt en faisant du sport… à la chasse, ou sur un bateau… non, il s'agit d'une autre élève qui s'est noyée en canot automobile… excusez-moi, ma mémoire est incertaine…. tout cela est arrivé il y a des années. »

Puis elle voit M. Bassett, professeur de math, un homme corpulent au visage en sueur qui paraît s'ennuyer dans son bureau et est enchanté de parler avec elle bien qu'il avoue ne pas se rappeler grand-chose – rien, en fait – au sujet de Sandra Shearer. « Peut-être n'était-elle guère brillante à mon cours », dit-il sur un ton d'excuse. Il se souvient des jumeaux McEwan, bien sûr – James et Jonathan : qui les oublierait ? –, une nouveauté à l'école pendant les quatre ans où ils y restèrent, non seulement de vrais jumeaux mais – ici il s'interrompt, plisse les yeux, cherchant le mot juste – *plus que ça*, des jumeaux dans le sens le plus intense du terme.

Les deux garçons étaient d'excellents élèves en math bien que ce ne fût pas leur matière principale. Ils avaient de bonnes notes, toujours identiques, et assez étrangement ils donnaient toujours les mêmes réponses aux tests même si l'un d'eux avait mal résolu un problème, fournissant une preuve légèrement erronée. Le résultat était malgré tout le bon. Un phénomène très *étrange*, il n'y avait pas d'autre mot. « Quand d'autres élèves font cela on sait immédiatement qu'ils ont triché, mais je surveillais attentivement James et Jonathan et cela ne leur est jamais arrivé, je le jure. »

Sans doute avaient-ils une façon mystérieuse de communiquer, suggère Molly, M. Bassett répond que seul James était capable de lire dans la pensée de son frère. « C'était le plus actif des deux, Jonathan le plus passif… si je me souviens bien, dit-il. James ressemblait à Jonathan ou non, selon son humeur. Quand il le voulait il imitait son frère de telle façon que les tentatives de Jonathan pour se distinguer de lui étaient vaines – une mystification qui pouvait être comique. C'était exaspérant d'être avec eux et de ne pas savoir qui était qui. Ou bien si on s'adressait à l'un il fallait le croire sur parole quand il disait son nom, parfois James se faisait passer pour Jonathan, et à d'autres moments il donnait l'impression de jouer son propre rôle – comme s'il était son jumeau ! Mais à ma connaissance jamais Jonathan n'a prétendu être James. » M. Bassett s'interrompt avec un sourire. Il semble convaincu que Molly est aussi fascinée que lui par ses remarques. « En tout cas nous avons tous été extrêmement soulagés quand ils ont terminé leurs études. Personne n'a fait d'objection lorsque le directeur a ajouté au règlement la clause post-1968 : *plus de jumeaux à Wellcome.* »

Il y a trois *Shearer* différents dans l'annuaire de téléphone de Fitchburg dans le Massachusetts, aucun ne s'appelle *Sandra*. Molly note les numéros que lui indique l'employée des communications interurbaines mais elle hésite à appeler. Que dira-t-elle si elle contacte « Sandy » ? Comment peut-elle se présenter ? Il est plus facile en un sens de se rendre en voiture à Fitchburg, de déterminer sur place quels sont les Shearer qu'elle cherche et de sonner à la porte… « Bonjour, vous ne me connaissez pas, je suis Molly Marks… et… » et alors ?

Un autre jour peut-être. Molly se sent brusquement fatiguée. Au bord de l'épuisement.

Elle téléphone cependant à l'université de Mount Holyoke. Le bureau des anciens étudiants l'informe que Sandra Shearer a obtenu son diplôme avec mention en 1972 mais n'est pas active dans l'association, son adresse la plus récente est à Fitchburg, dans le Massachusetts. On fournit aussi à Molly les noms des camarades de chambre de la jeune fille… Peut-être se mettra-t-elle en rapport avec elles si elle ne réussit pas à retrouver Sandra. Quand elle raccroche elle se sent extraordinairement lasse. Comme si elle cherchait depuis un temps infini à découvrir la trace de la mystérieuse Sandra Shearer.

31

Jonathan étreint Molly si fort qu'elle pousse un cri de douleur.

« Tu m'as manqué.

— *Toi aussi.*

— Je t'aime.

— *Je t'aime.* »

Jonathan est parti depuis bientôt deux semaines, quand elle le revoit elle oublie en un instant les doutes, les questions, les accusations qu'elle a formulés en son absence – elle va vers lui, elle l'embrasse et fond en larmes. C'est aussi simple que cela, pense-t-elle. C'est tout ce qui compte.

Jonathan, la voix tremblante, la supplie de ne pas pleurer.

« Je suis à la maison maintenant, dit-il. Je ne m'en irai plus. »

Molly remarque qu'il a perdu du poids. Son visage est plus mince, les fines rides invisibles sont plus prononcées, le blanc de ses yeux paraît encore plus blanc. Il a bronzé au soleil de l'Arizona, sa peau a une belle couleur mate. Il émane toujours une chaleur de lui. Quand elle le serre dans ses bras elle sent l'humidité de son dos, comme s'il avait transpiré sous deux épaisseurs de vêtements.

« La prochaine fois, dit-elle imprudemment..., je pars avec toi. »

Jonathan est sous la douche quand le téléphone sonne. Molly, qui commence à préparer le dîner dans la cuisine, décroche le récepteur joyeusement : « Allô ! »

La voix de Jonathan lui répond, lointaine, mystérieuse : « Allô Molly ? »

Elle pousse un cri et laisse tomber le combiné.

Elle n'y touche pas tandis qu'il rebondit et se balance au bout du fil bien qu'elle entende distinctement la voix de Jonathan, blessée, effrayée, *Molly ? Molly que se passe-t-il ? Molly c'est Jonathan, quelque chose ne va pas ? Molly...* une voix minuscule, comme dans un mauvais rêve, qui semble être la réalité.

Quand Jonathan apparaît, les cheveux humides peignés en arrière, les joues fraîchement rasées, Molly a étalé sur la table la plupart des ingrédients nécessaires au repas. Deux filets de truite de torrent, quatre petites pommes de terre rouges, des carottes, des brocolis, des oignons, des quartiers de citron, de l'aneth et du persil frais, du thym en poudre. Elle a raccroché le téléphone ; elle semble savoir qu'il ne sonnera plus ce soir.

« Tu veux que je t'aide, Molly ? demande gaiement Jonathan.

— Bien sûr, répond-elle. Épluche les carottes. »

Cette nuit ils font l'amour – « Tu m'as manqué », dit l'un, « *Toi aussi* », chuchote l'autre. Molly ferme les yeux très fort, elle ne voit pas la photo de la jolie Sandra Shearer le jour de la remise des diplômes, elle n'entend pas la voix hésitante de Mlle Hennecott, ni celle, étrangement lyrique, de M. Bassett, elle n'entend que le halètement de Jonathan et sa propre respiration. Si heureuse, songe-t-elle. Il n'y a rien d'autre. Oh oui.

32

Le lendemain Jonathan se montre beaucoup moins exubérant. Il paraît abattu, déprimé. Molly lui demande ce qui ne va pas, il ne semble pas l'entendre. « Pourquoi ne m'en parles-tu pas ? dit-elle en l'embrassant sur le front…, de ton père, et du reste. »

Il lui prend la main et la baise distraitement. Ses lèvres sont froides comme du caoutchouc. Puis il s'anime et répond, avec un petit rire : « Eh bien… tu sais ce qu'on raconte : personne n'a envie d'entendre parler de la mort autrement que d'une façon amusante. »

33

Molly boit un café au comptoir, essayant de lire le journal sans entendre une conversation voisine, la voix basse mais parfaitement audible d'une femme : « … on lui a retiré un kyste des ovaires, heureusement rien de grave, mais il contenait des choses absolument répugnantes : *des cheveux, des ongles et des dents.* Oui, même des dents, dans cette partie de son corps ! Le médecin lui a dit que c'était un "tératome" qui aurait dû être sa jumelle… dans le ventre de sa mère… tu imagines ? La pauvre Connie était effondrée. Il lui a raconté que lorsque l'ovule fécondé s'est partagé en deux le fœtus jumeau ne s'est pas développé et a été absorbé par son corps. Tu *imagines* ? »

34

En décembre Jonathan McEwan donne une conférence (« Les stratégies de l'auto-analysé ») au congrès annuel de l'association américaine de psychothérapie à Washington DC, il est très applaudi et Molly, assise parmi le public, manifeste elle aussi son enthousiasme. Après, dans la foule qui se presse à la réception, elle voit une femme d'une soixantaine d'années qui porte ses cheveux blancs nattés en couronne sur la tête – une coiffure qu'elle-même a failli avoir aujourd'hui. C'est l'image d'une femme qui a réussi dans sa profession : peu de maquillage, un maintien excellent. Elle est vêtue avec élégance d'un tailleur Chanel. L'un des présidents du congrès s'adresse à elle, plusieurs hommes suivent la conversation avec attention… une personne de haut niveau, songe Molly admirative. Comme ce serait merveilleux d'être *à sa place* ! La femme ne ressemble guère à sa mère, mais elle ne peut s'empêcher d'y penser en la regardant. Une façon de baisser les yeux quand elle parle, un sourire furtif qui s'élargit et devient éblouissant… Molly la fixe sans se soucier d'être remarquée. Au bout d'un moment elle tire sur le bras de Jonathan et demande : « Qui est-ce ? », il répond d'un ton ironique : « Cette femme ? C'est Agnes Wexler. Tu souhaites lui être présentée ? »

35

Et maintenant… Va-t-elle avouer ?

Un monologue hésitant, le ton dramatique, un torrent de larmes, elle a commis une erreur, elle a été séduite, elle lui a menti et s'est haïe, elle l'aime sans le moindre doute… C'est lui qu'elle aime.

Non, elle ne peut avouer.

Elle ne peut s'arracher les mots.

Elle essaie donc, assez bêtement, de construire un autre mensonge plus élaboré, à partir du premier qui était très logique.

Elle lui raconte – il a l'élégance de l'écouter, de la croire – qu'elle lui a menti. L'année dernière. Elle a prétendu consulter Agnes Wexler alors qu'elle se rendait chez une autre thérapeute dont il n'aurait pas approuvé le choix.

« Comment… ? demande Jonathan.

— Oui, dit Molly, improvisant dans l'affolement (elle est un peu ivre – ils ont bu tous les deux dans leur chambre d'hôtel), parce que… parce que…

— Parce que… »

Elle est assise à l'extrémité d'un lit ridiculement grand, assez large pour trois – quatre, cinq ? – dormeurs. Trois au moins.

Jonathan attend qu'elle poursuive. Depuis ce terrible moment à la réception il a adopté une attitude prudente, mystérieuse. Il parle en prenant soin de garder un ton neutre ; il évite de regarder Molly en face. Il se comporte avec une certaine dignité – une grâce ironique, pense-t-elle – comme un animal blessé à mort qui cherche désespérément à cacher sa souffrance.

« Parce que…

— Oui… ?

— Je craignais que tu ne m'approuves pas. »

Une réponse bien faible – Molly en rougit de honte, de frustration ! Assise comme hypnotisée, un léger bourdonnement dans les oreilles, au bord de la crise d'hilarité – comme si tout ce qu'elle avait amassé dans sa vie s'enflammait ou était englouti dans un trou gigantesque – elle ne sait pas quoi dire d'autre. Si Jonathan McEwan pouvait lui dicter sa réplique, comme un souffleur…

Il dit seulement d'un ton glacial : « Oui, et pourquoi as-tu imaginé que je n'approuverais pas… ? Chez qui allais-tu en fait ? »

Molly, se demandant comment elle n'a pas encore éclaté en sanglots, secoue la tête en silence.

Je ne sais pas… ? ou bien je ne peux pas le dire ?

Le téléphone sonne. Jonathan répond. Son ton change immédiatement, il est amical, chaleureux, c'est un ancien camarade d'études, un ami, oui il serait enchanté de prendre un verre avec lui et sa femme, plus tard dans l'après-midi… ? Non, en fait, pourquoi pas tout de suite ?

De retour à Lindesfarne Molly s'entend dire d'une voix mal assurée : « Je pense que j'ai commencé à te mentir parce que je voulais te plaire… J'ai essayé de prendre rendez-vous avec le Dr Wexler mais elle ne pouvait pas me prendre, ce n'était rien de personnel, simplement elle n'avait pas le temps, je devais attendre et je… je… suis si gênée ! J'ai si honte ! J'ai fait une chose stupide sur une impulsion, je savais que tu ne serais pas d'accord, j'étais blessée, en colère… je voulais me détruire moi-même… Jonathan, j'ai trouvé une thérapeute dans les pages jaunes. *Dans les pages jaunes.* »

Il la regarde fixement – avec un air de pitié choquée.

« Molly… Quoi ?

— Je… je ne sais pas ce qui m'a pris, dit-elle avec un trouble puéril qui se transforme (oui, en un pareil instant !) en un réflexe d'autodéfense… simplement je lui en voulais, et à toi aussi. La femme que j'ai vue pendant un moment n'était pas si mal… Pas du niveau du Dr Wexler, bien sûr, ni du tien. »

Une tentative pour le flatter. Mais il est trop absorbé pour le remarquer.

« … C'était une personne tout à fait gentille de ton âge, son bureau se trouvait à Manhattan, dans l'Upper West Side, et je… je suis parvenue à un résultat au cours de mes séances avec elle… C'était quelqu'un de sympathique », dit Molly avec désespoir, n'osant pas regarder Jonathan de peur de découvrir qu'il ne la croit pas, pourquoi d'ailleurs la croirait-il ? tandis qu'elle improvise en bégayant son faux mensonge. « … J'étais désolée pour elle, j'ai voulu continuer de la voir, et finalement… j'ai cessé. »

Un long moment terrible Jonathan se tait. Il continue de regarder Molly avec une expression de pitié, de regret, de mépris subtil.

« Je vois, dit-il enfin. Et quand tout cela a-t-il eu lieu ?

— Quand ? Je… je ne me souviens pas des dates exactes…

— Ensuite tu as commencé à suivre un cours à Columbia avec… comment s'appelait-il ?… peut-être as-tu oublié ? Et naturellement tu étais obligée de passer la nuit à Manhattan.

— Euh… c'était plus pratique.

— Oui. J'en suis persuadé. »

Jonathan parle d'un ton léger, ironique, sans colère.

« Je suis sûr que tu t'es bien amusée et que, comme tu le dis, tu es arrivée à un résultat… avec ta thérapeute anonyme, et à ton séminaire de Columbia.

— Elle n'est pas anonyme, elle s'appelait, je veux dire elle s'appelle, s'écrie Molly désespérée… Shearer.

— Shearer ? »

Elle ne voulait pas prononcer ce nom. Il lui a échappé.

« Shirer, répète-t-elle, le cœur battant, S-H-I-R-E-R.

— Shirer », dit Jonathan.

De nouveau un terrible silence.

« Je ne connais que l'initiale de son prénom, continue Molly obstinément…, je l'ai oubliée. C'était ainsi qu'il figurait dans l'annuaire. Jamais…

— Shirer, dit lentement Jonathan. Pas Shearer.

— Oui. »

Il se détourne. (C'est un moment affreusement précipité, il doit quitter l'appartement dans quelques minutes et Molly, encore en chemise de nuit, échevelée, le visage défait, doit partir dans une demi-heure mais est incapable de penser aussi loin : elle reste debout, tremblante, pâle, suppliante.) Il soupire et dit : « "Shirer". Une femme, dans l'Upper West Side. »

Molly répond, sur la défensive : « Euh… elle a peut-être déménagé. Ou même quitté Manhattan.

— Oui, observe Jonathan en enfilant son manteau, la regardant avec un sourire ironique… oui, il y a encore cette possibilité. »

À peine une heure plus tard, à la fondation, il y a un appel pour Molly Marks de la part de Jonathan McEwan. Prendra-t-elle la communication ? demande sa jeune secrétaire. Molly n'a d'autre choix que de dire oui.

Au début, en entendant sa voix elle pense que c'est peut-être James. Mais c'est Jonathan, bien sûr : « Je pense que nous devons nous séparer, Molly. Temporairement. »

Elle se met à pleurer.

« … Molly, non, je t'en prie. Pas de larmes. C'est difficile pour nous deux, mais… » Il se tait un moment, comme s'il allait s'effondrer lui aussi. Puis il dit, avec une certaine gentillesse : « Simplement je t'aime mais je n'ai aucune confiance en toi. Je t'aime… mais je n'ai pas confiance. C'est tout, et c'est capital. »

Molly sanglote éperdument, elle ne songe pas *Moi non plus je ne peux pas me fier à toi.*

« C'est moi qui pars, bien sûr. Je prendrai seulement quelques affaires… à moins que tu veuilles que j'emporte tout. »

Elle dit, en un chuchotement rauque : « Jonathan, je t'aime… c'est une terrible erreur…

— Je t'aime mais je n'ai pas confiance en toi, répond-il. C'est *cela* l'erreur.

— Mais je… S'il te plaît…

— Nous en parlerons ce soir. Au revoir.

— Ne raccroche pas !

— Molly, c'est un mauvais moment pour toi comme pour moi. Je suis désolé de te déranger au bureau – et je dois reprendre mon travail. Nous en discuterons ce soir plus longuement, quand nous serons plus calmes.

— Non. S'il te plaît. Voyons-nous tout de suite… »

Elle supplie au milieu de ses sanglots. Elle s'en voudra après, elle ne peut pas s'en empêcher.

« Ne t'inquiète pas, Molly... c'est juste une séparation temporaire. Du moins, c'est ainsi que je l'envisage. Ce sera bon pour nous deux, purifiant, thérapeutique...

— Je peux me libérer ce matin, nous pouvons en parler tout de suite. Je te rejoins à...

— *Je* ne peux pas renvoyer mes clients, dit Jonathan, et je ne le veux pas. Au revoir. »

Ce soir-là, quand Molly rentre chez elle, c'est pour s'apercevoir que Jonathan a déjà déménagé. Il ne s'est pas contenté d'emporter quelques affaires – son placard est vide ainsi que les tiroirs de la commode et le bureau, beaucoup de ses livres manquent sur les rayonnages, les boîtes contenant des papiers personnels, ses documents, ses dossiers ont disparu. L'aquarium, qui n'abrite plus aucune tortue depuis des mois, n'est plus là.

Molly se verse un verre de bourbon et avale la première gorgée sans sourciller. Sur la table de la salle à manger se trouve une enveloppe à son nom mais elle n'est pas pressée de l'ouvrir. Pourquoi ne pas célébrer l'événement, après tout ? Sans le savoir elle vient de traverser sa première journée de « séparation temporaire ».

36

Séparation, pense-t-elle…, *temporaire*.

Elle égrène les mots, elle les pèse. Comme si, dans son hébétement, elle ne savait pas quel sens leur donner, ni comment les relier. Ni comment de simples mots, légers comme l'air, ont le pouvoir de provoquer une telle souffrance.

37

« Mais pourquoi, sinon pour me faire mal ?

— Pourquoi pas ? Un peu ? Tu m'as bien fait mal.

— *Moi* !

— Bien sûr, chère Molly. Ne sois pas hypocrite, même au téléphone. Tu savais certainement que je m'étais attaché à toi à un point excessif. »

Molly éprouve un bref élan de joie. Elle sait qu'il est extrêmement difficile à James McEwan de prononcer ces mots.

Mais elle dit avec amertume : « Tu m'as blessée. La dernière fois, dans ton appartement...

— Tu ressasses encore cette histoire ?

— Tu m'as violée... J'aurais pu te dénoncer à la police.

— Voici une accusation insensée, Molly, dit prudemment James. Je ne te croyais pas hystérique.

— Espèce de salaud...

— Pourquoi t'obstiner à imaginer que tu as été violée quand tu as été impliquée de façon passive dans un certain acte sexuel... ? On peut se demander qui a été violé dans le sens profond du terme. La vérité est certainement moins éprouvante pour ta fierté ?

— Je ne te crois pas. Je refuse de t'écouter.

— Connais-tu cet aphorisme de Nietzsche : “J’ai fait cela”, dit la mémoire. “Je ne peux l’avoir fait”, dit la fierté. Finalement c’est la mémoire qui cède.

— Qu’il aille se faire foutre.

— Mauvaise idée, ma chère – l’homme était un curieux mélange : syphilitique et d’une chasteté morbide. »

« … Tu m’as blessée, je n’ai aucune intention de te laisser recommencer, dit Molly. Le lendemain j’ai fait une fausse couche.

— Une fausse couche ?

— Après ce que tu m’as fait. Après… tout cela. Le matin suivant j’ai énormément saigné, j’ai perdu le bébé…

— Tu ne me l’as jamais raconté.

— Pourquoi te l’aurais-je dit ! Je te méprise… Je ne veux plus te voir.

— Mais tu étais enceinte de très peu, si je me souviens bien. Tu attendais encore les résultats des analyses. Tu n’as pas pu avoir de “fausse couche”.

— Écoute, salopard, j’ai saigné comme une bête. C’était une hémorragie…

— Molly, tu as perdu des tissus, pas un fœtus ! Rien qui ressemble à un “bébé”, c’était trop tôt ! Ne sois pas extravagante.

— Qu’est-ce que tu en sais, espèce de…

— Comment Jonathan l’a-t-il pris ?

— Il ne l’a pas vraiment su.

Il n’a pas su que tu avais des hémorragies ?

— Il n’a pas su que j’avais été enceinte.

— Parce que tu ne voulais pas qu’il le sache.

— Parce que…

— Tu ne voulais pas qu’il le sache. »

« Et tout cela, je vois, est ma faute, dit James avec un regret moqueur. Parce que j'ai commis l'erreur… de tomber un peu amoureux de toi. »

Molly rit. Elle est allongée dans un fouillis d'oreillers et de couvertures, le récepteur coincé sous le menton. Une cigarette dans une main, un verre de bourbon dans l'autre. Le mot *amour* a un son obscène dans la bouche de James McEwan mais il l'intéresse néanmoins.

« Si j'avais voulu te faire du mal j'aurais parlé de toi, de nous à Jonathan quand nous étions ensemble en Arizona, dit James, mais bien sûr je m'en suis abstenu – j'ai résisté. »

Molly voudrait l'interroger sur la visite en Arizona, sur la relation de Jonathan avec ses parents, sur ses raisons de mentir au sujet de la présence de son frère. Elle sent que ce serait une façon de trahir son amant – de s'introduire dans sa vie privée grâce à son jumeau. Ou non ? Elle demande impulsivement : « Combien de temps es-tu resté en Arizona ? Jonathan y a passé près de deux semaines.

— Je suis venu pour l'enterrement, répondit-il avec désinvolture.

— *Tu y étais ?*

— Bien sûr. Pourquoi ?

— Jonathan a dit…

— Oui… ? »

Molly s'interrompt net. Elle est en train de trahir Jonathan.

« Il a parlé de moi ? Vraiment ? demande James avec impatience. Je croyais que ce connard, cet exemple de vertu, refusait de reconnaître mon existence.

— Il ne parle pas réellement de toi, dit aussitôt Molly.

— Mais tu étais sur le point de révéler quelque chose. De quoi s'agit-il ? »

Molly ferme les yeux. Que va-t-elle faire ? Et pourquoi ? Elle ne peut chasser la conviction que, lorsqu'elle parle à James McEwan ou est en sa présence, elle se trouve à sa place, là où, pour une raison mystérieuse, elle aurait toujours dû être. Jonathan est trop bon pour moi – c'est cela ? Ou le contraire ?

« Qu'allais-tu dire, Molly ? » insiste James.

Elle répond en bégayant : « Seulement que... euh... Jonathan m'a affirmé que tu n'étais pas à l'enterrement.

— Quoi ? s'indigne-t-il.

— Il a dit... je ne me souviens plus, continue-t-elle faiblement..., que tu n'étais pas là. Que tu ne prenais pas la famille au sérieux. »

Elle espère que James va confirmer le récit de son frère ; il va lui assurer que *son* amant ne peut lui mentir.

Au lieu de cela, il paraît un peu blessé. « Je suppose que je ne prends pas la "famille" aussi sérieusement que lui mais... *j'étais là*. Il a affirmé le contraire ?

— Je ne me rappelle pas, dit Molly. Peut-être pas.

— Je croyais qu'il ne parlait jamais de moi.

— Oh, bien sûr que non.

— Alors à quoi bon cette discussion ? demande-t-il ironiquement.

— Je voulais savoir si..., commence Molly, la voix mal assurée.

— Si j'*étais* là-bas, comme je le dis, ou si je n'y *étais pas* comme le prétend Jonathan ? »

Une formule succincte, irréfutable. Molly se frotte le front du dos de la main. L'un des deux ment, elle ne veut pas savoir lequel.

James reprend, sur la défensive : « J'y suis allé. Bien sûr. Je ne pouvais pas l'éviter – c'était mon père, après tout. Il n'a jamais su qui j'étais – ni Jonathan non plus, nous étions trop malins. Alors il prétend que je ne suis pas venu à l'enterrement ? Je me demande pourquoi. » Il marque un temps. Molly l'entend respirer tout près de l'appareil. « Probablement parce qu'il aurait aimé éviter la cérémonie mais n'a pas osé.

— Je ne crois pas, dit-elle. Je ne pense pas que ce soit pour cela.

— C'est vrai que la vie de famille ne m'intéresse pas, s'écrie James avec son arrogance habituelle. Sauf, peut-être, en tant que matériau anthropologique.

— Oui, Jonathan m'a dit que vous n'étiez proches d'aucun de vos parents.

— Vraiment ! Étrange qu'il ait déclaré quelque chose à mon sujet.

— *Avez-vous* jamais été proches ?

— Non », répond James irrité. Puis : « Seulement dans l'enfance. On ne peut pas contrôler ce qu'on fait quand on est petit.

— Et Jonathan... ?

— Il a le sens du devoir, il est "bon". Ou il le paraît. Sans moi il aurait été un enfant parfaitement normal, conventionnel. Il essaie, je suppose, dit Jonathan avec un rire dur..., de compenser *ce que je suis.*

— Vous vous entendiez bien ?

— Oui et non... comme tous les autres enfants. » Son ton a changé, il rappelle à Molly celui de Jonathan – évasif, avec un fond de rancune. « Demande-le-lui si tu es curieuse d'en savoir plus. Pour moi cela appartient à un monde révolu. »

Elle lui raconte l'incident de Washington, il se met à rire avant même qu'elle ait fini ; prenant brusquement conscience de sa propre absurdité, Molly est gagnée par son hilarité – elle émet des sons rauques, sans joie, comme si elle étouffait. Les larmes coulent sur ses joues. « Quelle tête a-t-il faite quand tu lui as demandé qui était Wexler… ? pauvre Jonathan ! s'écrie James.

— Pourquoi te soucies-tu de *lui*… ? C'est moi qui souffre.

— Il *a* déménagé ? »

Molly boit une gorgée de bourbon. « C'est une séparation temporaire.

— Tout cela parce qu'il t'a surprise en flagrant délit de mensonge ?

— Je… je ne sais pas pourquoi.

— Peut-être a-t-il été choqué par la grossièreté, la maladresse du mensonge, dit-il gaiement. Mon frère a dans la profession la réputation d'être très respectueux de l'éthique mais je suppose que c'est aussi un esthète, comme moi.

— Il dit que j'ai violé sa confiance et que désormais il ne peut plus me croire. Il a raison… j'ai abusé… »

Et je continue, pense-t-elle en remplissant encore son verre.

Elle s'étire avec un soupir, elle fait jouer ses orteils.

« Alors tu lui as raconté que tu allais chez un autre thérapeute… ? Pas moi, bien sûr.

— J'ai inventé un nom. Au hasard.

— Pauvre Molly-Holly. Malheureuse fille. C'était un nom crédible ?

— Shirer.

— *Quoi* ?

— S-H-I-R-E-R. »

James se tait pendant un si long moment que Molly se demande s'il a posé le récepteur. Puis il dit : « Ça a dû lui faire un choc.

— Pas du tout, s'empresse-t-elle de répondre.

— Enfin j'imagine qu'il t'a crue… Il croyait tout ce que la pauvre Sandra lui racontait sauf que, par entêtement, elle… Bien sûr, ce n'était pas toi. Tu es beaucoup plus experte en la matière.

— De quoi parles-tu ?… Que s'est-il passé avec Sandra ?

— Demande-le-lui.

— Tu sais très bien que je ne le peux pas.

— Tu es prête à l'épouser, à avoir un enfant de lui, et tu ne peux pas lui poser une question ou deux ? »

Molly bat en retraite. « Tu penses qu'il m'a *peut-être* crue. Même si j'ai mal menti ?

— S'il t'aime, il t'a crue. Finalement. L'amour écarte ou exclut la vérité. Tu ne l'as pas remarqué ? Il lui enlève toute valeur.

— Mais tout cela restera toujours entre nous.

— Oui, dit James, avec une profonde respiration. Tu as raison.

— Je veux dire, entre Jonathan et moi.

— Non, chère Molly… entre Jonathan, toi et moi. C'est la définition du *nous*. »

Ils parlent une autre fois. Tranquillement, avec insouciance. Ils ont un peu bu. « C'est moi que tu aimes, Molly, dit James d'un ton taquin, et pas Jonathan. Tu ne crois pas ?

— Va te faire foutre.

— *Tu ne crois pas ?* »

« Comme Jonathan est absent, tu dois accueillir James à bras ouverts. Je pourrais prendre ma voiture et me trouver devant ta porte à 11 heures, chère Molly. Et dans ton lit. Et… »

Elle frissonne : « Non. Ça suffit.

— Tu as oublié les moments charmants que nous avons passés ensemble ? Ils *l'étaient*, tu es bien d'accord ?

— Non.

— Je peux passer demain, un peu plus tôt ? Disons, vers 7 h 30 ? Comme Jonathan n'est pas là… »

Molly croit entendre le bruit de la clé dans la serrure. Son cœur se met à battre violemment.

« … et nous reprendrons la relation. Là où nous l'avons interrompue. »

Molly écoute. Elle n'entend plus rien. Mais elle est effrayée, elle se sent prise en faute. « Si tu viens je ne t'ouvrirai pas. N'y *pense* même pas.

— Bien sûr que tu m'ouvriras, dit-il sèchement. Je te manque autant que Jonathan. Plus encore, étant donné que je contiens Jonathan.

— Tu es fou.

— Tu ne penses pas un mot de ce que tu dis, petite conne. »

Brusquement Molly n'en peut plus… elle commence à hurler, à sangloter : « Je te déteste… tout est ta faute… salaud… ordure… *démon* ! Tu es le *démon* ! »

Elle raccroche si brutalement que le téléphone glisse sur la table de chevet et se renverse sur la moquette. Elle reste immobile, tremblante, écoutant le bip-bip aigu qui résonne tel l'écho de sa propre folie.

38

Quand elle ouvre la porte de son appartement, puis entre prudemment, pose son attaché-case et ses paquets… son cœur se gonfle d'espoir : Jonathan pourrait être là.

Bien sûr il n'y a personne. Elle le sait. Mais si on raisonne logiquement… Elle ne peut s'empêcher d'espérer.

« Jonathan… ? »

Le silence. Un silence légèrement teinté d'ironie.

Les jours sont devenus une semaine, puis deux… Jonathan n'est pas revenu. Il habite dans un Holiday Inn, tout près de son bureau ; Molly reste dans cet appartement qu'elle redoute à présent. (Qui la rejette peu à peu : le vide, la solitude souillés par sa présence. Un lieu destiné à *deux personnes ne formant qu'une chair*, non à un être isolé, quel droit a-t-elle d'être ici ?)

Jonathan, dans le rôle de la partie offensée, lui a demandé de ne pas le contacter. Ni à son bureau (le Dr McEwan a toujours été très strict en ce qui concerne les interruptions « non professionnelles »), ni à l'hôtel (à son grand embarras elle a essayé de l'y joindre – la standardiste lui a répondu qu'aucun appel ne devait être transmis à cette chambre ; désirait-elle laisser un message ?). Pourtant Jonathan lui téléphone tous les soirs sans faute, vers 6 heures ; il prend de ses nouvelles, parle brièvement de lui et écoute sa conversation avec sympathie, semble-t-il.

Me met-il à l'épreuve ? se demande Molly.

Elle est forcée de songer à la conférence de Jonathan sur « les stratégies du récit » ; d'après lui les êtres humains imposent une structure arbitraire à leur vie pour la raconter, présentant leurs actes sous le meilleur jour – se donnant d'habitude le rôle du héros, mais parfois, de façon surprenante, celui de la victime « innocente ». Molly se demande ce qu'elle est en réalité ; si ce n'est pas là son vrai drame. « Si on est une victime, a-t-elle une fois demandé à Jonathan, comment devient-on un héros... ? une héroïne ? » Il l'a regardée en souriant comme si elle avait dit une phrase très spirituelle qu'il n'avait pas entièrement saisie. « Dans mon intervention je décrivais la façon dont les gens "racontent" des histoires sur eux-mêmes, a-t-il expliqué. La vérité n'est pas l'essentiel – c'est seulement le phénomène du récit qui m'intéresse.

— Alors la vérité est insignifiante ?

— Non, mais elle n'a pas de place dans ma théorie.

— Si on est une victime comment devient-on un héros ? » a-t-elle insisté.

Il a levé les bras au ciel en riant. « ... En essayant d'accomplir des actes héroïques, peut-être. »

Maintenant Molly se trouve admirable si elle parvient au bout de la journée sans crise de nerfs. Sans montrer sa fragilité, son chagrin aux autres – à ses collègues de la fondation, à des connaissances comme Jenny. À leurs yeux Molly Marks a toujours été une femme élégante, enviable, incontestablement « supérieure » ; elle doit se montrer à la hauteur de sa réputation. Elle se demande si Jonathan a raison – si la vie est informe sous sa structure apparente, si nous nous efforçons tous plus ou moins de fabriquer notre histoire à force de mensonges – et à quelle fin ? « … Tout ce que je sais c'est que je t'aime, dit-elle calmement à Jonathan. Je ne veux pas vivre sans toi. »

Pensant : est-ce bien vrai ? Je ne veux, ou je ne peux pas ?

Jonathan s'agite, mal à l'aise, il dit, comme s'ils avaient déjà évoqué la question : « … Mais tu m'as été infidèle.

— C'est faux. Ce n'est pas… aussi simple. »

Elle fond en larmes. Jonathan ne la touche pas. Il dit, un peu contraint, reculant imperceptiblement : « J'aimerais te croire, Molly. Parce que je t'aime. »

Devinant en Molly une blessure secrète, une fêlure de l'âme qui la rend non seulement mortelle mais accessible, Jenny Owen commence à se lier plus ouvertement avec elle – elle lui demande si elle est libre pour prendre un café, pour déjeuner, elle l'accompagne jusqu'à sa voiture comme s'il y avait entre elles un non-dit dont Molly n'a pas conscience. La jeune femme qui pense à son appartement, au moment où, en ouvrant la porte, elle se raidit pour affronter la solitude, envahie par une folle pensée – s'il *était* là – est distraite par la présence de Jenny, embarrassée, irritée même. « Comment va ton ami, j'ai oublié son nom… Jonathan… ? demande-t-elle, la regardant de près.

— Bien, très bien, il s'appelle Jonathan en effet », répond Molly.

Jenny a un amant elle aussi, Phil – divorcé, avec trois enfants ; enfin, *presque* divorcé. Un type charmant mais il a mauvais caractère, raconte-t-elle à Molly – on a parfois des surprises avec les hommes, ils paraissent charmants au début puis il arrive quelque chose qui révèle l'autre partie d'eux-mêmes, mon mari, je veux dire mon ex-mari, c'était lui… Molly fait l'effort d'écouter (*c'est* un effort – elle est affreusement déprimée, blessée, de toute façon elle n'a jamais éprouvé beaucoup de sympathie pour les autres femmes), au bout de quelques minutes elle se laisse impressionner par les difficultés de Jenny (c'est son propre terme) ; doit-elle continuer à voir Phil bien qu'elle ne l'aime pas exactement, elle est solitaire, lui aussi, etc., mais il a ce caractère impossible, ce n'est pas très bien pour les enfants n'est-ce pas ?

« J'aimerais bien t'aider, dit Molly, mais je, je... » Elle s'interrompt, les larmes aux yeux ; elle ne pleure pas, elle se retient de toutes ses forces – la souffrance, la colère, le chagrin déforment son visage. « Je n'en sais pas assez sur lui ni sur toi. Je... je ne suis pas en position de juger.

— Veux-tu rencontrer Phil ? » demande Jenny. Elle se tient près de Molly, elle l'observe attentivement. « ... Nous pourrions dîner un soir tous les quatre, avec toi et Jonathan... Ou peut-être...

— Oui, dit Molly, s'écartant discrètement, un soir. C'est une bonne idée.

— Je t'appellerai, entendu ?

— Oh oui, répond Molly, c'est parfait. »

Une autre fois, dans son bureau, l'un des collègues plus âgés de Molly commence à lui raconter de façon totalement inattendue ses difficultés – il a quarante-sept ans, une femme (qui enseigne au lycée) et plusieurs enfants (le plus âgé a vingt et un ans, le plus jeune seize), et à sa grande honte, à son inqualifiable honte, il touche un salaire si misérable qu'il pourrait aussi bien n'avoir aucune éducation, aucun diplôme d'université, être camionneur ou docker, et puis non, ces hommes-là gagnent probablement plus que lui, ils sont syndiqués… « Ça me ronge le cœur », dit-il. Il regarde Molly Marks en hochant lentement la tête. « Nous travaillons tous les deux – nous avons deux salaires – savez-vous quel est le traitement d'un professeur… ? Cela représente encore moins que le mien… Et voilà que ma fille Hilary de seize ans a d'étranges sensations de pincement dans le dos, des douleurs parfois si violentes qu'elle ne peut plus marcher, nous l'avons emmenée chez un neurologue pour un scanner, ils n'ont rien trouvé, elle doit subir une série d'examens à l'hôpital Columbia Presbyterian, et le prix que cela va coûter, mon Dieu cela me donne des sueurs froides, tout ce qu'il faudra payer que l'assurance ne prendra pas en charge… j'en suis malade. » Il hoche de nouveau la tête, il fixe Molly de ses yeux mélancoliques qui, songe-t-elle, ressemblent aux siens. Elle sent les larmes monter, elle lutte contre l'envie de pleurer avec lui ; elle s'entend dire sans réfléchir : « … Je pourrais peut-être vous prêter de l'argent… »

Il la regarde, l'air tout d'un coup terriblement gêné. « Vous êtes gentille, Molly, mais… vous savez, je ne suis pas venu pour vous demander de l'argent.

— Je sais, mais…

— J'avais simplement envie, je crois, de parler…

— Oh ! je comprends, dit Molly embarrassée. Je comprends. »

Son offre est naïve, bien sûr, et si elle est complètement sincère (en cet instant, elle se sent brusquement vulnérable, elle est prête à donner ce qu'elle a – probablement guère plus de cinq cents dollars sur son compte d'épargne), elle se rend compte que rien de ce qu'elle pourrait donner à cet homme n'est adapté à ses besoins.

« Merci quand même, dit-il. Je suis touché, très touché. Vous êtes adorable. » Après cette conversation, chaque fois qu'ils se rencontrent il la regarde avec une expression indéchiffrable – comme si un lien spécial existait entre eux, une sorte de secret auquel ils ne font jamais allusion.

39

« Au moins en ce moment je peux manger n'importe quoi, et autant que je veux, dit Molly, je n'ai pas besoin de me soucier de mon poids. »

Jonathan tressaille comme si elle avait prononcé une grossièreté. Elle se souvient de son aversion pour ses plaisanteries ; elle se demande si elle doit se reprendre, s'excuser ou foncer tête baissée – pourquoi ne pas tourner toute la situation en dérision ?

Ils déjeunent ensemble à White Plains, dans le restaurant même où James a invité Molly ; l'endroit est décevant aujourd'hui, il est beaucoup moins élégant que dans son souvenir. (Jonathan McEwan est loin d'être aussi adroit que son frère avec le maître d'hôtel et le serveur.) Ils dînent ensemble à l'Holiday Inn où vit Jonathan, dans une énorme salle à manger décorée, remarque Molly, « à la méditerranéenne » – avec des vignes sinueuses, des gigantesques grappes de raisins en cire, des peintures murales de scènes italiennes, même une statue en faux marbre de femme nue, d'inspiration classique. « Le plus bizarre, c'est qu'on finit par se plaire ici, dit Jonathan. Enfin... si on n'a pas de vie... Rien que le superficiel.

— Existe-t-il autre chose ? demande Molly.

— Molly, non. S'il te plaît.

— Non quoi ? Je demande, c'est tout. J'espère. Si les choses n'étaient que superficielles… » Sa voix se brise. Elle veut dire je ne serais pas blessée, je ne *saignerais* pas : mais ce serait trop s'apitoyer sur elle-même.

Comme ils se préparent à partir Jonathan dit : « Tu t'en remettras. »

Molly, touchée au vif comme s'il l'avait giflée, s'écrie avec colère : « Je ne veux pas m'en remettre. Et toi ? »

Le lendemain à l'heure habituelle, 6 h 30, Jonathan téléphone. Dès qu'il raccroche, la sonnerie retentit de nouveau – c'est James.

Une simple coïncidence, se dit Molly. Les paumes moites.

James est d'excellente humeur, son arrogance ne transparaît pas, son ton est à peine menaçant. Il lui annonce que s'il fait le trajet jusqu'à Lindesfarne, elle doit lui ouvrir la porte. C'est une question de politesse.

« Étant donné, après tout, que tu t'es beaucoup plus livrée à moi dans le passé, dit-il.

— Si tu oses venir ici j'appelle les flics, articule Molly les mâchoires serrées.

— Vraiment ! » s'écrie-t-il avec un sifflement. S'il est sincèrement surpris ou furieux, il n'en laisse rien voir ; sa bonne humeur est impénétrable. « Alors c'est toi qui dois me rendre visite un de ces soirs.

— Jamais », répond Molly en raccrochant.

Pourquoi ne pas l'interroger à brûle-pourpoint sur Sandra Shearer : qui était-elle pour toi, que lui est-il arrivé, que lui avez-vous fait, toi et ton frère ? *Je veux savoir.*

Pourquoi ne pas lui avouer : oui j'ai commis une erreur, un acte incompréhensible, pardonne-moi, je t'en supplie, Jonathan… J'ai eu une liaison avec l'homme que tu hais et redoutes le plus au monde *et je ne sais pas pourquoi.*

Le simple fait d'imaginer ce type de scène la laisse chancelante, le souffle court. Face à la glace de la salle de bains elle se demande pourquoi, pourquoi, pourquoi elle l'a fait... comment a-t-elle pu être aussi inconsciente, légère, et, oui, suicidaire... Composer le numéro de James McEwan comme elle l'a fait il y a des mois ; prendre tout naturellement rendez-vous avec sa secrétaire. Quel est votre problème ? avait demandé la femme et Molly avait sans doute répondu par une quelconque plaisanterie – par chance, elle a oublié laquelle.

Comme si l'affaire tout entière était une plaisanterie. Un épisode dans un film – un mystère romantique où tout finit bien ; et pour le mieux. Le triomphe de l'amour, la défaite de la haine.

Comme si la vie même était une plaisanterie. C'était peut-être cela.

Et Molly Marks est un personnage si insignifiant, rien de ce qu'elle fait n'a de sens.

Un dimanche après-midi de la fin janvier Jonathan vient chercher quelques livres dans l'appartement – avec un soin inhabituel, Molly les a emballés dans trois petits cartons maniables –, ils prennent un verre et à la joie de Molly ils finissent par faire l'amour pour la première fois depuis la séparation. Puis, incroyablement, Jonathan s'excuse et s'apprête à partir. En emportant les livres, bien entendu.

Molly le suit jusqu'à la porte, secouée, hébétée. Elle s'entend dire, supplier : « Je ne peux pas vivre sans toi... je ne le veux pas. »

La réponse de Jonathan est immédiate, sauvage. « Ne dis pas ces choses, Molly, tu es au-dessus de ça.

C'est du chantage sentimental et… c'est indigne de toi. »

Il s'en va ; Molly claque la porte sur lui, puis la rouvre et crie dans le couloir : « … C'est peut-être du chantage mais c'est aussi la vérité. Et tu le sais. »

40

De désespoir, de rage, folle de solitude – ou de mépris ? – Molly Marks commet une grave erreur. Elle interdit à James McEwan de venir la voir mais sur un coup de tête elle part à Manhattan pour lui rendre visite.

Elle se rend compte presque tout de suite qu'elle a eu tort : c'est Jonathan qu'elle veut voir et non cet homme ; ce reflet de lui. Même la première vision de James sur le seuil de sa porte, de son visage à la ressemblance infiniment troublante, ne correspond pas à ce qu'elle attendait.

« Je ne peux pas rester longtemps, bégaye-t-elle.

— Tu resteras le temps qu'il faudra », répond James en souriant.

Rien n'est bien. Elle ne fera pas l'amour avec lui, elle recule involontairement à son contact ; malgré son charme (ce soir il est très séduisant – il se surpasse) elle n'est plus la Molly Marks d'autrefois. Elle se souvient de son audace avec honte et stupéfaction. Comment a-t-elle pu se montrer aussi effrontée, aussi ignorante – approcher cet homme dangereux comme s'il était littéralement un autre Jonathan et non lui-même : presque un inconnu.

« Que se passe-t-il, Molly ? » demande-t-il gentiment.

Elle se cache le visage et se met à pleurer. Elle sait qu'il va se sentir offensé et que son apparence risque d'en subir le contrecoup… mais elle s'en moque. « Je ne veux plus vivre, chuchote-t-elle.

— Ne sois pas absurde », répond-il. Il est réellement froissé. Il ajoute, avec la voix de Jonathan : « C'est du chantage sentimental, tu es assez raffinée pour le savoir. »

Il prend son visage entre ses doigts et tire violemment la peau des paupières. Elle tressaille. La douleur procure un certain plaisir cependant. James la considère un moment avec l'attention soutenue de Jonathan. (Cette femme est-elle suicidaire ? Va-t-elle me compromettre ?) Puis son expression se détend, elle devient agréablement cynique. « Le désespoir est de la rage tournée vers le dedans, Molly-Holly. *Tu* ne veux pas mourir, tu veux la mort de quelqu'un d'autre. »

Molly essaie de fermer les yeux mais James ne lâche pas prise. Elle tente de se dégager, elle n'y parvient pas.

« Quel dommage, ma chérie, dit-il Tu m'as manqué et je me suis flatté de te manquer aussi. Même Danton t'a regrettée… N'est-ce pas, Danton ? »

Tandis que James libère Molly, le chat bondit sur le piano blanc pour les regarder. Sa queue est extraordinairement droite et hérissée.

« Danton ! s'écrie Molly. Comme je l'aime. » Quand elle s'approche pour le caresser il reste parfaitement immobile, il ne fait pas le gros dos. Il la fixe de ses yeux farouches, intelligents qui, imagine Molly avec extravagance, pénètrent son âme.

« Danton… tu ne m'aimes pas ?

— Restons amis, du moins, dit James d'une voix plus douce. Allons dîner comme prévu. Une cliente et son mari m'ont emmené la semaine dernière dans ce superbe restaurant italien de la 66e Rue Est… »

Molly caresse toujours le chat qu'elle tente de charmer. « Tu ne m'aimes pas *un tout petit peu* ? » demande-t-elle.

Irrité, James l'attire vers lui. « Ne me rends pas jaloux aussi de Danton, dit-il d'un ton léger. Allons dîner. Ensuite… on verra bien. »

Molly frotte la peau autour de ses yeux, pensant : Oui ? Non ? Est-ce important ? Sa conversation de la veille avec Jonathan avait un ton faussement joyeux – elle lui a dit de ne pas prendre la peine de l'appeler ce soir car elle devait sortir. Il a demandé où elle allait, elle a répondu : « Ailleurs. »

Elle rit brusquement. Elle a envie de boire un verre.

« Pourquoi pas ? dit-elle. Puisque je suis là. »

« Nous avions un jeu spécial quand nous étions tout petits, presque des bébés, dit James. L'un de nous levait la main sans raison, l'autre devait l'imiter. L'un de nous sautait, l'autre faisait comme lui. Ou bien il fallait courir – passer par-dessus le sofa. Hurler. Briser un objet. Avoir une crise de colère. » Il s'interrompt avec un sourire. Un étrange sourire pensif que Molly a parfois vu sur le visage de Jonathan – assez rarement. « Nous étions de plus en plus excités – perdant tout contrôle. Ma pauvre mère redoutait de nous voir dans cet état-là. Elle avait un mal fou à nous distinguer et mon père était complètement perdu. Il nous appelait tous les deux “fils”.

— Je suppose que tu dirigeais les opérations et que Jonathan suivait, dit Molly.

— Non. Quelquefois je commençais, ou bien lui, la plupart du temps cela arrivait simplement – aucun de nous ne maîtrisait la situation. »

Molly frémit.
« C'est plutôt effrayant.
— Pas du tout, dit lentement James. C'était très agréable. Cela m'a manqué ensuite. Quand nous sommes devenus trop grands. »

« Pourquoi ne pas raconter à mon prétentieux de frère que tu le regrettais comme thérapeute – et que tu m'as alors contacté ? dit James. Comme tu l'adores tu as naturellement succombé à mon charme sans aucune difficulté. De cette façon tu le flatteras. C'est peut-être cela la vérité, chère Molly. »

Elle a cessé de manger, elle n'a aucun appétit. Même le vin lui paraît fade. « Je ne peux rien lui dire, répond-elle. Je suis piégée.
— Allons, allons, ne sois pas mélodramatique.
— Si Jonathan apprenait ma relation avec toi…
— Notre relation…
— … il ne me toucherait plus jamais. Il ne me reverrait plus. »

Une lueur d'exaspération éclaire le visage de James. Il dit d'un air mystérieux : « Je n'en suis pas si sûr.
— Je ne comprends pas.
— Je n'en mettrais pas ma main au feu.
— Eh bien, dit tristement Molly, repoussant son verre de vin, moi si. »

Malgré la délicieuse nourriture, le dîner est un échec. La soirée est ratée. Qu'espérait-elle ? Et pourquoi ? Elle se rend compte qu'elle a beaucoup changé – elle n'est plus la même personne. Elle ne serait pas surprise que même sa rose tatouée ait disparu.

« Jonathan a toujours été attiré par mes petites amies, et moi par les siennes, dit James d'un ton détaché. Depuis la sixième.
— Sandra Shearer, par exemple ? »

James hausse les épaules. « Oui. Ce n'est qu'un exemple parmi d'autres.

— Que lui est-il arrivé ?

— Rien qu'elle n'ait voulu.

— Oui… mais quoi ?

— Demande-le-*lui*. C'est *lui* le centre de ton univers. » Il accompagne ses mots d'une grimace comique. « *Il* a toutes les réponses.

— Elle est en vie ?

— Cherche-le toi-même.

— Jonathan est-il en contact avec elle ?

— J'en doute.

— Et toi ? »

James détourne les yeux avec un léger frémissement – un geste de dégoût subtil. « Certainement pas, dit-il.

— Lequel aimait-elle le plus ?

— “Le mieux” serait plus exact.

— Jonathan ou toi ?

— Il faudrait le lui demander à elle.

— Elle est *en vie* ?

— Assurément.

— Mais tu as perdu le contact ? »

James prend le verre de Molly et en vide le contenu. « Sandy n'a jamais été mon type… plutôt celui de Jonathan. »

« Alors, bonne nuit ?

— Bonne nuit.

— Tu ne veux vraiment pas rentrer avec moi ?

— Non. Je suis désolée.

— N'aie pas l'air si *désolée*… si repentante ! Ces stupides erreurs sont très courantes. »

D'un geste galant, joyeux même, il hèle un taxi ; il lui envoie un baiser tandis qu'elle s'éloigne dans la voiture. Après elle se demandera s'il envisageait déjà sa revanche debout sur le trottoir, souriant... ou si, à cet instant-là, il éprouvait une réelle sympathie pour elle, et lui souhaitait tout le bien possible.

Il lui avait effleuré la joue de ses lèvres, avec cérémonie. Ce devait être la dernière fois, Molly s'en souviendrait le reste de sa vie.

41

À la fondation Molly lit des demandes de bourses, l'une d'elles provient d'une troupe de danse du nord de l'État de New York qui souhaite développer un cycle expérimental intitulé « Les dix-huit figures de Shiva ». *Shiva, le dieu hindou, commence à danser lentement, puis de plus en plus vite, encore plus vite, jusqu'à ce que soit défaite l'œuvre de la Création – et que s'achève le monde.*

« Ainsi soit-il », dit-elle.

42

En février Jonathan se rend à La Jolla pour un congrès d'une semaine ; le troisième jour de son absence Molly reçoit un mystérieux paquet par la poste, avec la mention *express* et *fragile*. Quand elle ouvre le colis elle manque s'évanouir – à l'intérieur d'un conteneur en plastique décoré de cœurs brillants de la Saint-Valentin se trouve... un vrai cœur... de la taille d'un pruneau, cru, ensanglanté, avec une flèche plantée au milieu.

Sur la carte jointe James a écrit de sa main : *Chère Molly Marks, Danton vous donne son cœur ; et moi le mien, je vous l'assure. Mille baisers, J.McE.*

Mon Dieu, pense Molly quand elle reprend ses esprits. Cet homme est fou.

Quand James téléphone Molly raccroche sans rien dire. Elle laisse l'appareil débranché... préférant manquer un appel de Jonathan plutôt que de risquer d'entendre de nouveau la voix de son frère.

Elle voit, ou croit voir, la BMW noir métallisé de James qui la suit lorsqu'elle quitte White Plains pour rentrer chez elle. Un conducteur solitaire, à quelques dizaines de mètres derrière elle... accélérant quand elle augmente sa vitesse, ralentissant quand elle freine. Elle est terrifiée à l'idée de se garer dans le parking de son immeuble, aussi elle circule au hasard dans une zone bien éclairée, pendant une heure ou plus. Finalement elle s'arrête devant un poste de police. Elle reste là, fumant une cigarette, jusqu'au moment où elle décide que le danger est passé.

Il a cessé de téléphoner. Est-ce bien ou non ? s'interroge Molly. Peut-être n'a-t-il plus envie de lui parler maintenant.

Molly reçoit un télégramme à la fondation : *Contacte-moi s'il te plaît, un terrible malentendu doit être évité. Baisers, J. McE.* Elle en fait une boule qu'elle jette dans la corbeille à papiers, les mains tremblantes.

Un autre télégramme, quelques jours plus tard, chez elle : *Contacte-moi à tout prix, un drame affreux doit être empêché. Baisers. J.McE.* Elle le jette cette fois encore. Et, bien entendu, s'abstient d'appeler.

Elle se demande, effrayée, si James a perdu son sens de l'humour. Ses manières désinvoltes... Son insouciance. Peut-être s'agissait-il depuis le début d'un masque, d'une apparence ? Il avait accusé son frère de se présenter sous un déguisement...

Bruits dans la nuit. Des coups sourds, des bruissements. Des pas. Six étages au-dessus de la rue, elle est en sécurité, bien sûr... L'est-elle *vraiment* ? Peut-être s'introduira-t-il dans l'appartement par le balcon.

Molly ne peut pas dormir. Elle est terrifiée. Assise en tailleur sur son lit dans la chambre obscure, elle fixe la fenêtre. Doit-elle appeler la police ? (Que dira-t-elle ?) Se réfugier chez un autre locataire de l'immeuble ? (Que dira-t-elle ?) Le jour ses peurs diminuent mais la nuit l'angoisse l'étreint à nouveau, elle suffoque, épuisée, à bout de forces. L'obsession de James a presque chassé ses préoccupations concernant Jonathan.

Était-ce le cœur du pauvre Danton… ? Ce fou est-il *capable* d'avoir fait une chose pareille ?

Elle prend un couteau de cuisine pour dormir. À tout hasard. Elle regrette de ne pas avoir d'arme. Ou un objet plus grand, plus facile à manier – un tisonnier, une batte de base-ball. Demain, se dit-elle, elle en achètera une dans un magasin d'articles de sport, mais le lendemain elle a déjà moins peur ; elle se trouve idiote. Un homme dans la position de James McEwan prendrait-il la peine de venir aussi loin pour la harceler ? Il a toujours insisté sur le fait qu'elle ne comptait pas pour lui. Pour son jumeau peut-être mais pour lui, certainement pas.

Elle envisage de lui envoyer un télégramme. *S'il te plaît laisse-moi tranquille je suis désolée désolée désolée* mais finalement elle abandonne cette idée. Pourquoi lui ferait-elle des excuses ? Pourquoi, si elle est la victime ?

43

Molly informe Jonathan qu'elle va déménager fin mars s'il ne décide pas de revenir. L'appartement est trop « grand » (elle n'ose pas dire « trop vide ») sans lui.

« Déménager ? s'étonne Jonathan. Où ?

— Ne t'inquiète pas, dit-elle, pas chez toi. »

(Jonathan a quitté l'Holiday Inn et vit maintenant dans un immeuble à loyers modérés où l'on trouve des chambres et des studios meublés. Molly n'y a jamais été invitée et devine qu'elle ne le sera pas.)

Jonathan lui étreint la main très fort, comme si elle prenait une décision irrévocable. Il dit seulement : « Eh bien… tu dois faire pour le mieux.

— Va au diable, répond Molly en retirant sa main. Je te déteste. »

Sa voix tremble, elle le regarde avec défi.

Entre vous deux, pense-t-elle, je suis détruite.

Jonathan parle doucement, mais avec une certaine froideur. « Tu ne peux pas me forcer à prendre une décision, Molly. Il faut vraiment que tu agisses de la façon qui te convient le mieux. Tu le sais, je suis heureux… je veux absolument… continuer de verser le loyer de l'appartement, que j'y habite ou non. Juste pour savoir que c'est là…

— Que je suis là.

— Bien sûr. Que tu es là.
— Parce que tu m'aimes.
— Parce que je t'aime. »

Molly rit. Elle a un geste de lassitude, comme si elle capitulait – elle baisse la tête les coudes sur la table, elle tire sur la peau de ses paupières avec ses doigts. Elle sait qu'elle a une mine affreuse en ce moment. La peau pâle, abîmée, les cernes foncés sous les yeux à cause du manque de sommeil – à la fondation certains de ses collègues ont manifesté leur inquiétude à son sujet mais Jonathan ne semble ni le remarquer ni s'en soucier. Peut-être est-il satisfait de la voir punie.

Je veux un revolver, pense-t-elle. Je veux un revolver, se dit-elle soudain avec la force d'une révélation.

Cette nuit-là Jonathan rentre avec Molly dans « leur » appartement. Ils font l'amour, ou plutôt ils essayent. Molly se sent observée, jugée, ridiculisée par Jonathan/James ; elle n'a plus de plaisir dans les rapports sexuels mais elle se souvient qu'il faut le rechercher… n'est-ce pas ? Tout lui semble grossier, pathétique. Une sorte de lutte bestiale, laborieuse, dans la chair, la sueur, les halètements, jusqu'au relâchement de l'excitation censé évoquer la tendresse, l'intimité. En un sens l'acte amoureux est une sorte de poignée de main, mais si les partenaires sont des imposteurs… à quoi bon ? Molly se met à pleurer et Jonathan dit avec colère : « Pourquoi ne me dis-tu pas la vérité… ? Sale garce, avoue que tu as un amant… », la voix rauque comme s'il allait lui aussi fondre en larmes. Molly reste immobile, muette, le bras sur les yeux. Elle se souvient de James qui, la chevauchant, lui chuchotait des noms obscènes et la frappait systématiquement, sans passion, avec le tranchant de la main pour ne pas laisser de traces trop visibles sur sa chair.

44

Molly Marks téléphone au commissariat de Lindesfarne très tard un soir. « Je pense que ma vie est en danger, dit-elle.

— Oui ? Qui est à l'appareil ? Parlez plus fort, s'il vous plaît !

— Je… je crois que ma vie est menacée. Il y a un homme qui…

— C'est une urgence ? D'où appelez-vous ?

— Ce n'est pas une urgence. Je veux dire… pas maintenant. Pas à cette minute.

— Quel est votre nom, s'il vous plaît ? Votre numéro de téléphone… ? Résidez-vous à Lindesfarne ? »

Molly hésite. « Je… je veux savoir ce que vous pouvez faire.

— Parlez plus fort, mademoiselle. Je vous entends à peine.

— Je veux savoir ce que vous pouvez faire.

— Quelqu'un vous a menacée ? Votre mari, votre petit ami ?

— Pas exactement…

— Il est avec vous ? Il se trouve sur les lieux ?

— Non, pas à ma connaissance.

— Alors quelle est la situation ?

— Cet homme… il m'a menacée… Quelquefois il me téléphone. Il me suit en voiture… C'est-à-dire… je pense que c'est lui qui me suit… Je…

— Savez-vous qui il est ?

— Oui, bien sûr.

— Vous a-t-il menacée directement ? Est-il armé ?

— Je… je ne sais pas. Je… ne crois pas, bégaye Molly. Il a prononcé certaines phrases mais n'a pas exactement menacé de me tuer. Je ne crois pas qu'il possède un revolver. J'en suis pratiquement convaincue. Mais…

— Vous dites qu'il ne se trouve pas avec vous en ce moment ? Ce n'est pas un cas d'urgence ?

— Pas *pour l'instant*… dans un avenir proche je…

— Pourquoi donc avez-vous appelé la police, mademoiselle ?

— Je… j'ai peur d'aller me coucher.

— Vous avez peur de… ?

— D'aller au lit. Je veux dire… seule. » Molly respire profondément. Elle se demande si elle doit raccrocher avant qu'on ne repère la source de l'appel. (Est-il si important ?) « Je… je suis seule ici, je vis seule, j'ai peur que cet homme pénètre chez moi par effraction, enfin peut-être pas, j'habite dans un gratte-ciel, je pense qu'il me suit quelquefois, quand je rentre du travail, j'ai peur du parking, j'ai peur de… sortir sans être accompagnée… et le téléphone, j'ai peur de le laisser branché…

— Voulez-vous que nous vous envoyions un de nos hommes, mademoiselle ?

— Je… je ne crois pas. Il n'y a rien…

— Quel est votre nom ? Votre adresse ? »

Molly s'interrompt, essayant de reprendre son souffle. Tout cela semble absurde, n'est-ce pas… Si James écoutait…

« S'agit-il d'une personne de votre famille ?

— Non… Pas du tout. C'est… un ancien petit ami.

— A-t-il un casier judiciaire ?

— Non, bien sûr que non. Ce n'est pas ce genre-là. Il a un métier, il est psychiatre. » Elle se demande pourquoi elle a choisi ce terme, qui est inexact. « Il… je pense qu'il est déséquilibré. Ou qu'il fait semblant de l'être. Il est jaloux, il veut m'effrayer, je ne sais pas s'il me veut réellement du mal, il cherche à me terroriser. Il m'a envoyé cette chose hideuse par la poste – ce *cœur*.

— Quoi ?

— Le cœur d'un chat. Je crois. Ou d'un animal – il l'a peut-être acheté dans une boucherie. » Molly ne parvient pas à retrouver le calme de sa respiration. Elle se sent étourdie, la tête vide. Sur le point d'éclater de rire à ce moment incongru. « C'était pour me lancer un avertissement. Me menacer.

— Vous devez nous dire votre nom, mademoiselle. Autrement nous ne pouvons pas vous aider.

— Que ferez-vous ? Pouvez-vous l'arrêter ?

— S'il vous menace directement, s'il vous blesse physiquement, nous l'arrêterons. S'il entre chez vous par effraction…

— Mais je ne sais pas où il est !

— Est-il là en ce moment ? Avez-vous des raisons de croire qu'il se trouve près de chez vous ?

— *Je ne sais pas où il est.* »

Molly a un petit rire désespéré, puis elle raccroche.

Elle s'attend à ce que le policier la rappelle mais bien sûr il n'en fait rien.

45

Par un ami d'ami du temps où elle vivait à Provincetown, Molly Marks fait l'acquisition – pas tout à fait légale – d'un revolver de dame au canon court en acier chromé, avec une crosse en nacre... Une œuvre d'art comme devaient en posséder Bette Davis ou Barbara Stanwyck dans les films des années quarante à Hollywood.

La ravissante petite arme est un Smith et Wesson de calibre 22, il tient parfaitement dans la main et est chargé du nombre de balles nécessaire *mais...* – pense Molly troublée, effrayée – il ressemble plus à un jouet qu'à un instrument mortel. Faut-il le prendre au sérieux ?

Le jeune homme qui le lui vend (pour rien, affirme-t-il, seulement cent vingt dollars !) est mince et barbu, il a les yeux brillants d'un Manson. Ce regard avide de psychopathe. Il vend aussi de la drogue, est-elle intéressée ? – de la coke de la meilleure qualité, du crack, des amphétamines, du Valium ? Molly secoue énergiquement la tête. Non.

« Votre ancien petit ami vous embête, c'est ça ? » dit-il avec sympathie. Il se rapproche de Molly, l'haleine chaude, fétide. « Vous avez besoin d'un coup de main... Vous voulez que je m'occupe de lui ?

— Non, répond froidement Molly. Je peux m'en charger. »

46

Sandra Shearer n'a que huit ans de plus que Molly mais elle ressemble à une vieille femme desséchée ; les yeux enfoncés, petits, qui ne voient rien ; le teint d'une pâleur mortelle, la peau toute fripée comme si elle avait trempé trop longtemps dans l'eau ; les mains parcourues de tremblements. Son corps, sous la couverture de laine et de satin, est recroquevillé comme s'il n'avait plus de colonne vertébrale. Ses bras et ses jambes sont squelettiques – on dirait une rescapée des camps de concentration. « Oh, dit Molly choquée, s'agrippant au bras de Mme Shearer pour garder son équilibre, je ne savais pas…

— Cela ne fait rien, mon petit, chuchote la mère, ce n'est pas tout à fait ce que vous croyez. »

Ce n'est… ?

Mme Shearer est une femme imposante, chaleureuse, terriblement seule, elle est veuve et vit avec sa fille handicapée dans une maison agréable de type colonial, assez délabrée, dans un ancien quartier résidentiel de Fitchburg, Massachusetts. Molly avait craint une réaction méfiante de sa part, mais au contraire elle lui avait parlé avec beaucoup de gentillesse au téléphone, lui proposant de venir dès le lendemain (Molly Marks s'était présentée comme une ancienne camarade d'études de Sandra, qu'elle avait connue – « Sans doute ne se souvient-elle pas de moi après tout ce temps. » Elle n'explique pas très clairement pourquoi elle souhaite revoir son amie au bout de tant d'années de silence, mais cela semble ne pas avoir d'importance.) Mme Shearer avait dit que Sandra ne sortait pas beaucoup, mais aimait avoir de la compagnie. Pourquoi était-elle tenue de rester à la maison ? avait demandé Molly. « Eh bien, à cause de son état », avait répondu Mme Shearer avec franchise. « Vous êtes au courant, mademoiselle Marks..., puis-je vous appeler Molly ?... des conséquences de son accident ? Mais elle sera ravie de vous voir, j'en suis sûre. »

Ce n'est pas le cas. L'infirme couchée dans le lit ne fait aucun effort pour « voir » Molly Marks.

Comme dans l'un de ses cauchemars Molly est escortée dans une chambre surchauffée, sans air, une chambre de jeune fille aux stores baissés à cause du soleil éblouissant de mars. La malade a le visage d'une femme prématurément vieillie, les muscles flasques d'une invalide. Ses yeux ont la couleur d'une toile d'araignée, ils ne voient rien, bien que des images voltigent silencieusement sur l'écran du poste de télévision placé au pied du lit. « Sandra, dis bonjour », insiste Mme Shearer. « C'est une ancienne camarade de Holyoke – Molly Marks. »

« Bonjour, Sandra », dit Molly d'une voix rauque. Elle titube sous le choc, saisie par la pitié – l'écœurement –, elle réussit à sourire avec éclat et même à tendre la main, comme si Sandra Shearer allait la serrer. « Tu ne te souviens probablement pas de moi, mais... »

« Sandra, elle s'appelle Molly Marks », dit la mère comme si elle parlait à une enfant récalcitrante. « Ne sois pas impolie, ma chérie. Regarde par ici. »

Mais Sandra Shearer, étendue dans ses draps fraîchement lavés, jette simplement un coup d'œil à Molly avec un air d'incompréhension – comme s'il s'agissait d'une image fugace, d'une curiosité. Son visage a l'apparence d'un masque négligemment posé sur une face humaine.

Mon cauchemar, pense Molly Marks.

« Sandra était tout excitée à l'idée de vous voir, dit Mme Shearer sur un ton d'excuse. J'en suis certaine. Elle m'a laissée lui laver les cheveux et la coiffer. Et ce joli peignoir – c'est son préféré. Et puis brusquement, il y a une heure… son humeur a changé.

— Je suis désolée, dit Molly, le regard fixe.

— Elle a des bons et des mauvais jours, on ne peut jamais prévoir », dit la mère avec simplicité. Elle se penche sur la forme recroquevillée de sa fille, elle lui caresse les cheveux d'un geste affectueux. « Sandra, c'est Molly Marks. De Holyoke. Elle est venue te rendre visite. N'est-ce pas que c'est une gentille attention ? Elle voulait simplement te voir, tu lui manquais… N'est-ce pas que c'est adorable ? »

Sandra Shearer, muette, ne semble pas entendre sa mère. Ou bien elle s'en moque. Ses yeux à l'attention vagabonde regardent maintenant dans la direction de l'écran où se déroulent les jeux télévisés de l'après-midi.

« Je n'aurais pas dû la déranger, dit doucement Molly… je ne savais pas.

— Au contraire, mon petit. Vous ne nous dérangez pas du tout. Nous avons si peu de visiteurs à présent. »

De près, Molly voit que la femme alitée est encore plus décharnée qu'elle ne le paraissait au début – elle ne doit pas peser plus de quarante kilos. Bien que sa mère l'ait habillée d'un peignoir jaune en piqué ses os saillent sous le tissu. Elle a le front plissé, les os du crâne visibles sous le cuir chevelu. Depuis combien de temps est-elle dans cet état atroce, se demande Molly ? Dix ans ? Depuis la brouille de Jonathan et de James McEwan ?

Les cheveux de Sandra Shearer sont gris foncé, aussi clairsemés que ceux d'un bébé. Sa mère les a peignés en arrière et fixés avec des barrettes dorées comme celles que Molly Marks portait en cinquième.

La visite dans la chambre de Sandra dure cinq longues et douloureuses minutes. J'ai rencontré ma jumelle, pense Molly.

« ... Je comprends quelle déception, quel choc ce doit être pour vous, dit Mme Shearer sur un ton d'excuse, en entraînant Molly hors de la pièce. Comme je vous l'ai expliqué, ma fille a de bons et de mauvais jours, le médecin lui-même dit qu'elle a des humeurs "idiopathiques". Vous savez ce que cela signifie ?

— Imprévisibles ? demande Molly.

— Oui, c'est cela. »

« ... Ils ont dit qu'il s'agissait d'un "acte volontaire" mais je n'en ai jamais été convaincue. Il me semble qu'elle était simplement très bouleversée par la rupture des fiançailles, son ami refusait de lui parler, peut-être a-t-elle menacé de se blesser... sûrement pas de *se tuer*. Pas cela. Elle a toujours cru en la religion... Jamais elle n'aurait causé de mal à quelqu'un... ni à elle-même. Elle était simplement troublée, ébranlée, elle voulait attirer son attention, j'imagine... Elle cherchait désespérément à se faire aimer de nouveau. Il a rompu de façon si brutale. Cessant de l'aimer. Il a refusé de la revoir et même de lui parler – il est parti, c'est tout. Personne ne savait où le trouver.

— Je vois, dit Molly. Jonathan McEwan était son fiancé ?

— Vous l'avez connu, quand il sortait avec Sandra ?

— Je l'ai peut-être rencontré deux ou trois fois, répond Molly. Lui et son frère James.

— Mais vous n'êtes pas allée à Wellcome ?

— Non. »

Molly s'essuie furtivement les yeux. Elle redoute de fondre en larmes brusquement.

Mme Shearer poursuit d'une voix chaude, intense : « Ils étaient tous ensemble à Wellcome, c'était une école formidable, et un moment merveilleux de leur vie – après Sandra n'a plus jamais été aussi heureuse. Bien sûr ils sont tous allés ensuite dans des universités différentes : Sandra à Mount Holyoke, comme vous le savez, et Jonathan à Harvard, où il a réussi très brillamment. Je ne sais plus où a étudié son frère. À Wellcome Sandra et Jonathan étaient inséparables, ils ont continué de se voir à la fac – Sandra sortait beaucoup mais Jonathan est le seul garçon qu'elle ait pris au sérieux, je sais qu'*il* l'aimait – c'était un jeune homme calme, très grave, intelligent comme son jumeau mais plus solide, plus digne de confiance. Il faisait sa psychiatrie quand la tragédie a eu lieu. Le malentendu et ce qui a suivi. Lui et Sandra devaient se marier en juin l'année où il obtiendrait son diplôme et puis… le drame est arrivé.

— Quel drame ? » demande prudemment Molly.

Mme Shearer passe la main sur ses yeux – les ongles parfaitement limés, enduits d'un vernis rose transparent – et dit avec un soupir : « Eh bien… je ne *sais* pas. Bien sûr je sais ce que les gens ont raconté, ce que les autorités ont décidé, et les médecins, mais en réalité je ne sais pas ce que Sandra avait l'intention de faire. Parce qu'ensuite, après l'accident qui a endommagé une partie de son cerveau, elle n'a jamais pu me le dire. Je suis obligée de me fier au témoignage d'autres gens, surtout des amies de Sandra, elles étaient, à les entendre, au courant de son état mental, de sa "dépression", après la rupture des fiançailles. D'après elles Sandra parlait de se tuer, elle ne voulait plus vivre sans Jonathan, je suis sûre que la malheureuse a dit ces choses – elle l'aimait tant, le choc a été terrible. Elle avait un emploi prometteur dans une revue, mais c'était lui sa vie. » Mme Shearer s'interrompt, regardant Molly en face : « Je ne crois pas que ma fille pensait sérieusement ce qu'elle disait. À cet âge-là une fille ne fait pas toujours attention à ce qu'elle raconte, elle est même capable de faire des choses malgré elle, sans savoir à quel point les conséquences seront graves. Pourquoi font-elles toutes des régimes aujourd'hui – pour ressembler à des mannequins, certaines se privent de nourriture à un point dramatique pour leur santé ! *Vous* comprenez, n'est-ce pas ? Molly ?

— Oui, je crois.

— Voulez-vous voir notre album de photos... de ces années-là ? »

Mme Shearer, assise tout près de Molly, tourne les pages d'un album plein à craquer avec une couverture dorée, elle lui montre un trésor de photographies, de coupures de presse jaunies, de journaux de lycée et de programmes – naturellement, Sandra Shearer appartenait aux groupes de théâtre de Wellcome et de Holyoke, et avait participé à beaucoup de productions. « Antigone a été son plus beau rôle – dans une version moderne dont j'ai oublié l'auteur. Elle a été aussi une merveilleuse Ophélie à Wellcome, mais dans l'ensemble le spectacle n'était pas fantastique – ils étaient tous si jeunes. N'est-elle pas ravissante... dans son costume d'Ophélie ? Avant chaque représentation elle cueillait des fleurs fraîches pour ses cheveux. N'est-ce pas qu'elle est *jolie* ! »

Plus encore, pense Molly en regardant la photo.

(Elle se demande comment Jonathan McEwan, après avoir aimé cette fille d'une beauté angélique, a jamais pu s'en désintéresser... pour tomber amoureux d'une Molly Marks.)

Mme Shearer tourne les pages de l'album tendrement. Voici sa fille au sourire charmant avec sa robe et sa toque blanches, le jour de la remise du diplôme de fin d'études ; la voici en maillot deux-pièces, tenant ses amies par la taille ; la voici encore dans une robe de cocktail en taffetas rouge, portant des chaussures à hauts talons en brocart, cruellement pointues selon la mode de l'époque – le bras glissé sous celui de Jonathan McEwan. Comme le jeune homme de dix-huit ans en smoking paraît innocent, puéril même ! Comme il est beau ! Au bout d'un moment Mme Shearer dit : « Ils formaient un couple parfait, Sandra et Jonathan... tout le monde l'affirmait. Ne le pensiez-vous pas aussi, Molly ?

— Si, dit la jeune femme en fixant la photographie.

— Jonathan était timide mais Sandra savait l'entraîner. Un garçon charmant... Nous avons été d'autant plus choqués par la façon dont il s'est comporté. Je suppose que c'était de la timidité... cette façon de se retirer sans un mot d'explication... "Il faut se méfier de l'eau qui dort", dit le proverbe fort justement. Sandra ne l'a jamais expliqué de façon satisfaisante à son père et à moi, elle ne voulait pas nous inquiéter je suppose, bien sûr elle avait honte, elle était blessée... C'était une bonne fille au sens où les filles pouvaient l'être alors, je veux dire qu'elle était vierge... jusqu'à ce drame. Elle nous a raconté que James, le frère de Jonathan, avait agi cruellement, à dessein ou non, il avait prétendu être Jonathan et saoulé Sandra... Elle ne buvait jamais, jamais de façon excessive, ce n'était pas son genre... Alors est arrivé... ce qui ne pouvait plus être défait », dit Mme Shearer d'un ton vague. Elle tente de lisser avec ses doigts les coupures de presse chiffonnées. « ... Et Jonathan a réagi avec une telle violence. Il était si jaloux. Je ne sais pas comment il l'a su, si Sandra le lui a raconté elle-même, ou James, ou... quelqu'un d'autre. Vous voyez, je ne sais pas vraiment tout. Jonathan a refusé de revoir Sandra, il a rompu tout contact avec elle et son frère, il est parti à un endroit où on ne pourrait pas le trouver – il a disparu. (On a appris ensuite qu'il était parti marcher seul dans les Adirondacks. Il y est resté quinze jours.) Sandra était désespérée. Elle a laissé tomber son travail, elle ne voulait plus parler à ses amis ni à son père ou moi, elle... s'est effondrée. Elle avait toujours paru si forte, si intelligente et responsable, elle savait si bien s'occuper des autres... mais elle semblait ne pas connaître sa propre valeur, elle qui était un être si bon, si merveilleux – alors elle a cru ce que Jonathan avait raconté sur son compte, ce qu'il lui avait dit lors de leur dernière conversation. Il était si furieux qu'il a même refusé de reprendre la bague de fiançailles – il lui a dit qu'elle était souillée. Et la pauvre Sandra – elle ne savait pas ce qu'elle faisait – a commis cet acte irréparable. Elle était si jeune, à cet âge-là on ne sait rien. On croit qu'on va vivre éternellement, qu'on peut tout gaspiller impunément. C'est une forme de jeu et puis cela devient *réel*... Mais elle s'est détruite de façon irrémédiable, elle a subi plusieurs opérations, les médecins l'ont sauvée de la mort, ils ont dit que certaines parties du cerveau étaient définitivement endommagées, comme les aptitudes motrices et la faculté de parler, de "raisonner"... enfin, vous savez tout cela. » Mme Shearer s'essuie les yeux avec un mouchoir. « Jonathan était *désolé* après, il a été terriblement affecté, bien sûr c'était trop tard.

— Où a-t-elle trouvé le revolver ? demande Molly.

— Eh bien... personne ne l'a su. Ou n'a voulu le dire. La police ne l'a jamais découvert – cela a été le plus terrible... de penser que ma fille, désespérée comme elle l'était, dans cet état de déséquilibre émotionnel, a été capable d'aller s'acheter une arme –, j'imagine d'après ce que je lis dans le journal qu'avec de l'argent on peut obtenir tout ce qu'on veut. Des armes, des munitions et des drogues. Sandra vivait alors à Boston et dans ce genre de ville on peut trouver sans peine ce qu'on cherche. »

Le désespoir est de la rage tournée vers le dedans. Tu ne veux pas vraiment mourir, tu veux la mort d'un autre...

Molly hoche la tête. Oui. C'est juste.

« Il a été *désolé* après... Jonathan McEwan, dit amèrement Mme Shearer. Et l'autre aussi. Comme si cela pouvait changer quelque chose... ! Une fois qu'il était trop tard.

— Il est venu lui rendre visite... ? à l'hôpital ? demande Molly.

— Oh oui. Bien sûr. James aussi. James ne venait que lorsque son frère n'était pas là – Jonathan le haïssait pour ce qu'il avait fait, il ne lui a *jamais* pardonné. Je me souviens d'avoir rencontré James dans l'ascenseur et l'avoir pris pour son frère – m'adressant à lui comme s'il avait été Jonathan – et cette expression sur le visage du jeune homme – comme s'il avait voulu être Jonathan, comme s'il l'était réellement en cette minute – puis il s'est souvenu qu'il ne l'était pas, et s'est présenté. L'air coupable, mal à l'aise – il y avait de quoi. Mon mari et moi nous avions rencontré James une fois ou deux, nous ne le connaissions pas vraiment, sauf qu'avec les jumeaux, vous savez, on a toujours tendance à penser que si on en connaît un on connaît les deux... Mais les frères McEwan...

— Étaient différents.

— Oui. Complètement. C'est ce que disaient les gens qui les connaissaient, et ils avaient raison. » Mme Shearer se tourne vers Molly en ébauchant un sourire. « Vous avez aussi connu James McEwan ?

— Non.

— Seulement Jonathan ?

— Oui… mais pas très bien.

— Il téléphonait, ou bien il nous écrivait. Il y a des années. Quand mon mari est mort il y a sept ans il a envoyé un mot, rien de plus. Pas une phrase pour Sandra. Mais… » Avant de refermer l'album Mme Shearer montre à Molly une autre photographie de Sandra à dix-sept ans, avec un pull bordeaux en tricot et un jean, pieds nus, souriant à l'objectif avec un regard oblique. « J'ai toujours pensé que cette coiffure en rouleaux était idéale pour Sandra – vous ne croyez pas ? Et ce sourire… si charmant.

— C'était une fille superbe, dit Molly.

— N'est-ce pas… ! »

47

LA MARQUE D'UN ESPRIT MÉDIOCRE – C'EST DE PRENDRE LES CHOSES TROP AU SÉRIEUX.

Diderot.

Ce télégramme attend Molly Marks à son retour de Fitchburg.

Sa première impulsion est de le déchirer. La seconde, à laquelle elle obéit, est de le coller sur le réfrigérateur où elle peut le contempler et le méditer douze fois par jour.

48

Quand Molly Marks dévoile à Jonathan McEwan le fait qu'elle connaît l'existence de Sandra Shearer – « ton ancienne fiancée » – sa première réaction est la stupéfaction, l'incrédulité : il la regarde simplement comme s'il n'en croyait pas ses oreilles.

« Je suis allée à Fitchburg l'autre jour, dit Molly. J'ai passé un après-midi avec elles. Surtout avec Mme Shearer. Elle m'a montré un album de photos, elle a parlé de toi. De toi et de sa fille. » Molly marque un temps. Sa voix tremble mais peut-être Jonathan, pris par surprise, les yeux plissés avec une expression de réel saisissement, ne le remarquera-t-il pas. « Elle m'a raconté… ce qui s'est passé. Du moins, ce qu'elle en savait. »

Jonathan prend la cigarette qu'il a posée dans un cendrier sans paraître savoir ce qu'il fait : elle roule sur la table, manque de tomber au sol. Il dit, d'une voix qui reflète le choc qu'il vient de subir : « Comment… va-t-elle ? Sandra ? Tu as vu Sandra ?

— Mme Shearer m'a dit que "ce n'est pas tout à fait ce qu'on croit" », dit ironiquement Molly.

Jonathan la regarde comme s'il n'enregistrait pas. Molly ne l'a jamais vu ainsi – totalement désarmé. Il parle à voix basse comme si l'un des aimables inconnus réunis dans cette salle de restaurant pouvait surprendre ses paroles. « Elle n'a pas… changé ?

— Je suppose que c'est le terme exact. »

Ils gardent le silence un moment. Une serveuse s'approche pour demander s'ils ont choisi leur menu ou s'ils désirent un autre apéritif, Jonathan ne paraît pas entendre, Molly répond rapidement : « Oui… nous prendrons la même chose. »

Au bout d'un instant interminable, Jonathan dit de la même voix sourde : « Comment as-tu su pour Sandra ?

— Quelqu'un me l'a dit, Jonathan. »

Il reste immobile, ses lourdes épaules légèrement voûtées ; la tête courbée, les lèvres à peine crispées. Il réfléchit intensément, pense Molly. Elle sent de façon presque perceptible le bouillonnement de son esprit – le désespoir qui l'étreint. « Tu croyais que personne ne m'en parlerait ? dit-elle calmement. Que je ne le découvrirais jamais ? »

Il secoue la tête en silence. Les yeux de Molly s'emplissent d'amour, de colère. « Tu croyais que je ne le découvrirais jamais ? » persiste-t-elle.

Finalement il répond : « … J'aurais dû t'en parler. » Il bouge à peine les lèvres, sa voix est étrangement atone. C'est une question autant qu'un constat. « Je… j'en avais l'intention.

— Oui, dit Molly. Tu aurais dû. »

Maintenant, songe-t-elle en se raidissant, il va demander qui me l'a appris. Et que va-t-elle répondre ?

Mais il répète simplement : « … J'aurais dû t'en parler. »

Molly s'écrie impatiemment, avec audace : « Et ton frère… ton “vrai” jumeau. Tu as attendu le jour de notre emménagement pour m'en parler, et en réalité tu ne m'as rien dit. » Jonathan lève les yeux avec appréhension, il a un geste de recul. « Tu ne m'as pas raconté ce qui était arrivé entre vous ; pourquoi tu le détestais, pourquoi tu ne le voyais plus et ne parlais jamais de lui… tout ça. »

La serveuse pose les verres devant eux, Jonathan continue de fixer Molly avec une expression tendue, la bouche contractée, les yeux plissés – par la culpabilité, le ressentiment qui s'accumule peu à peu. Molly devine que son cœur bat furieusement.

Elle ne peut s'empêcher de poursuivre : « Tout cela aurait pu être évité, si tu m'en avais parlé.

— "Tout cela" ?

— *Tout cela !* » crie farouchement Molly.

Jonathan ne sait pas, ou ne veut pas savoir ce qu'elle entend par là ; il est penché sur la table, la tête courbée, échevelée comme par le souffle terrible de la tempête qui vient de s'abattre sur lui. Dans son costume de velours usé, la chemise ouverte, le menton et les mâchoires assombris par un début de barbe, Jonathan McEwan ressemble à un homme défait ; à un animal blessé – maladroit, éperdu, dangereux.

Molly dit avec colère, avec incohérence : « … Tu m'as forcée à faire mes propres découvertes. Parce que je t'aimais – je t'aime. Je suis amoureuse de toi. Parce que… ma vie est liée à la tienne… en quelque sorte… je le *sais*. Et toi… » Elle s'essuie sauvagement les yeux. Elle a répété cette scène un nombre de fois incalculable au cours des deux derniers jours et n'a pas l'intention de s'effondrer à présent. « … Tu ne m'as pas exactement trompée mais tu n'as pas dit la vérité, tu m'as forcée à faire mes propres découvertes – j'ai même fouillé dans tes affaires, Jonathan, pendant que tu te trouvais en Arizona – dans les boîtes rangées dans ton placard – absolument, Jonathan, ne prends pas cet air surpris ! – *bien sûr que je l'ai fait.* Tu savais qui j'étais, tu savais que je serais tentée – tu es psychothérapeute, quand même ! Oui, j'ai regardé ton album de terminale. J'ai vu la photo de Sandra Shearer. Et la tienne. Et les rectangles découpés aux ciseaux à la place de James. »

Jonathan se bouche les oreilles avec les mains d'un geste violent, puéril. « Molly. Non. Je ne veux pas le savoir.

— Tu m'as forcée à faire mes propres découvertes.

— Non. Je t'en prie.

— Toi et Sandra Shearer. Et James.

— Ne parle pas de *lui*, pour l'amour de Dieu.

— Je le ferai si…

— Assez… ! »

Jonathan frappe du poing sur la table, avec une telle force que les verres se heurtent. Les clients assis dans le box voisin se taisent brusquement pour les regarder.

Molly bat en retraite. Elle n'a jamais vu Jonathan McEwan dans cet état d'égarement : les larmes aux yeux, le visage luisant de sueur. Deux pensées lui viennent simultanément à l'esprit : *je l'aime et je ne le connais pas.*

Jonathan avale une rasade d'alcool. Sans regarder Molly, abritant ses yeux pour qu'elle ne le voie pas, il dit : « Je ne peux plus supporter cela. Plus maintenant. Ne me le demande pas… à présent. J'y ai pensé des milliers de fois, m'accusant, essayant de ne *plus* y songer, de poursuivre mon existence… Non, c'est assez. J'en ai fini. Ce qui est arrivé entre elle et mon frère n'avait aucun rapport avec moi, j'étais exclu, je l'ai accepté, ma vie a continué, bien sûr je m'en veux, je m'en suis toujours voulu, mais c'est ainsi – il l'a *souillée*, elle m'a *trahi*, j'ai rompu parce que j'ai cessé de l'aimer – il n'y avait plus rien à faire : j'ai cessé d'éprouver de l'amour pour elle, je ressentais seulement de la pitié. De la pitié. C'est comme ça. Et maintenant j'en ai fini avec tout cela.

— Mais Mme Shearer dit qu'il a trompé sa fille. Ton frère…

— Bien sûr que non… ! Elle avait toujours été attirée par lui, dit Jonathan, la voix sourde de colère. Elle s'est intéressée à moi au début parce que j'étais le jumeau de James – c'était *lui* qu'elle voulait. Elle n'a pas pu l'avoir avant de m'avoir moi – il fallait que Jonathan ait quelque chose que James puisse lui prendre.

— Attends. Comment…

— Qu'est-ce que tu en sais ? En quoi cela te concerne-t-il ? Rien de tout cela n'a de rapport avec toi, Molly, dit Jonathan, aussi je te suggère d'abandonner ce sujet. Je ne veux plus jamais en discuter.

— Ce n'est pas raisonnable. C'est…

— Tu n'as aucun droit de fouiller dans mon passé… dans ma vie privée. Pas plus que je n'ai celui d'explorer la tienne. Je n'y tiens absolument pas.

— Si tu m'aimais, tu…

— Je ne considère pas cela comme de l'amour. »

Jonathan est de plus en plus furieux ; son visage est cramoisi. Molly sait qu'elle perd le contrôle de la situation mais elle persiste : « Alors qu'est-ce que l'amour ?

— Je n'en sais rien, Molly, dit-il…, simplement je ne suis pas fait pour. »

Il règle les consommations et s'en va. Molly tremblante, épuisée, abandonnée, se dit alors *C'est fini.*

49

« Une fois… seulement une fois, dit James McEwan. Une lune de miel à retardement… toi et moi.

— Nous deux… ? Mais pourquoi ? » demande Molly. Sa voix est tendue, ses mâchoires crispées par la haine.

« Pourquoi à retardement, et pourquoi une lune de miel… ? Parce que j'ai décidé que je t'adorais.

— Mais pas moi. Je ne suis plus l'une de tes clientes et adoratrices.

— Bien sûr que *si*, Molly. Je suis à jamais gravé dans ton âme – comme mon double. »

Molly sent le poids et la chaleur désagréable du récepteur contre son oreille. Elle dit d'une voix aussi neutre que possible : « Je suis maintenant au courant pour Sandra Shearer, James. Et j'en ai parlé à Jonathan. »

Un silence absolu règne un moment à l'autre bout de la ligne. Molly pense avec une satisfaction amère : j'ai enfin réussi à surprendre ce salaud.

Mais James réagit avec un enthousiasme apparent : « Vraiment ! C'est… remarquable ! Franchement, je n'aurais pas cru ça de toi. Je ne pensais pas que tu oserais enquêter sur le passé de ton bien-aimé.

— Si, dit Molly d'un ton prudent. Et je le lui ai dit. »

James ne semble pas l'entendre ; ou choisit d'ignorer sa réponse. Il poursuit : « Mais je doute, ma chère, que tu saches grand-chose sur ce qui s'est passé. La mère a parlé avec toi, j'imagine ? Pauvre femme abusée... !

— *Tu* as séduit Sandra Shearer, par jalousie. Et tu l'as dit à Jonathan. Alors il a rompu les fiançailles.

— Pas exactement. Tu me calomnies, Molly, je ne dénonce jamais personne – ce serait un viol de mon intégrité. Non, cette fille hystérique le lui a raconté elle-même – elle a avoué. Elle a prétendu absurdement s'être laissé convaincre que *j'étais lui*. Naturellement il s'est senti touché au vif – choqué, écœuré – car après tout il était Jonathan, et non James. Le masochisme de Sandra lui a inspiré cette folie – le désir, ou plutôt le besoin impératif d'être blessée. » James marque un temps ; il a prononcé tout cela très vite. Puis il ajoute : « Quel gâchis... Une situation de tragédie. Je reconnais que Sandra était ravissante à cette époque – pas plus que toi, chère Molly.

— Je l'ai vue. À Fitchburg. Chez sa mère.

— Oui, tu l'as déjà dit, répond James mal à l'aise. J'en suis très impressionné, *je te l'ai aussi dit*.

— Tu ne parais pas curieux d'avoir de ses nouvelles – de savoir de quoi elle a l'air, en quel état elle est ? À quoi ressemble leur vie à Fitchburg ?

— Je suppose que tu me blâmes ?

— Est-ce une hypothèse déraisonnable ?

— Et Jonathan ?

— Oui. Lui aussi.

— Pas Sandra ? »

Molly hésite. « Ce n'était qu'une enfant quand c'est arrivé.

— Molly, ne sois pas sexiste ! Nous avions tous le même âge : vingt-six ans.

— Mais enfin pourquoi l'as-tu fait ?

— Et *lui* ? »

Molly ne répond pas, elle agrippe désespérément l'appareil – et il ajoute d'un ton négligent : « Écoute, pourquoi l'a-t-*elle* fait ? Son acte était parfaitement prémédité, je t'assure. Elle a joué Hedda Gabler jusqu'au bout.

— Prémédité », répète lentement Molly.

Il y a un long silence. James a-t-il posé le téléphone, ou s'apprête-t-il à couper la communication ? Molly ne déteste personne autant que James McEwan mais elle *ne veut pas* qu'il raccroche.

« Je n'ai plus envie d'en discuter, dit-il sèchement. Pour moi c'est de l'histoire ancienne – une "tragédie" – et ça ne m'intéresse pas. Je serais très surpris que mon frère éprouve autre chose.

— Tu as raison. Jonathan dit qu'il en a fini avec tout cela... » Elle s'interrompt. « Et avec moi, je suppose.

— J'en doute fort ! s'écrie gaiement James. Il serait encore plus bête que je ne le pense, s'il rompait aussi... avec toi. »

Molly et Jonathan ne se sont pas parlé depuis quelques jours : depuis la fois où il a quitté le restaurant. Molly cherche un appartement moins grand, plus proche de la fondation, elle étudie les petites annonces, tour à tour accablée et pleine d'enthousiasme, elle appelle les numéros – sans cesser de penser : c'est ici que je dois être, pourquoi déménager ? Qu'est-ce qui me force à partir ?

« Je te téléphone, chère Molly, pour voir si nous pouvons négocier une sorte d'accord après tout, dit James avec chaleur. Peu nous importe Jonathan – et cette malheureuse fille trompée il y a dix ans... J'admets que je me suis montré agressif en te poursuivant ces derniers temps... mais ce n'était pas méchant.

Je veux dire… à ton égard. » Il s'interrompt. « … Je ne menaçais nullement ton *bien-être*.

— Et Danton ?

— Ah ! Danton ! Eh bien… » James marque encore un temps. Molly essaie d'imaginer son visage, son expression – mais elle voit Jonathan à sa place, Jonathan penché vers elle, la regardant de ses yeux humides, le front plissé. « … J'espère que tu n'as pas été offensée par ma petite plaisanterie, Molly, dit-il. *Bien sûr*, il ne s'agissait pas du cœur de Danton, tu sais combien j'aime cet animal. C'était juste… un morceau de viande acheté chez le boucher du coin. Je pensais que tu apprécierais ce genre d'humour, étant la fille que tu es.

— Ce n'était pas une menace ?

— Poétiquement peut-être… qui sait ? Tu es libre d'interpréter ces signes comme tu l'entends, Molly Marks.

— Tu es le démon, n'est-ce pas, répond-elle en riant doucement.

— Hélas, il n'y a pas de démon, s'écrie gaiement James. Seulement des gens comme toi, moi, et Jonathan. »

Molly se tait. Elle sent le battement puissant de son cœur, elle est amère et résolue ; elle possède une arme – elle est invulnérable si elle le souhaite. « Revoyons-nous une fois encore, Molly, propose James, et parlons *sincèrement*. Tu m'as privé de certains plaisirs et tu le sais. Le lien amoureux n'a pas été rompu entre nous. Pas encore. Si après notre rencontre, tu décides que tu ne veux plus me voir, je respecterai ta décision. Je t'en donne ma parole.

— Où nous verrons-nous ? demanda Molly. Pas à New York. Et pas ici.

— J'ai en tête un lieu paisible, isolé… très romantique.

— Où ?

— Jonathan ne t'a jamais emmenée dans notre maison d'été à Narragansett, sur les rives du Sound ?

— Non. Il dit qu'elle a été vendue.

— Bien sûr que non... Elle nous appartient à tous les deux. Notre père nous l'a léguée dans son testament. Sans savoir, peut-être, que nous y avons l'un comme l'autre des souvenirs.

— Comment... ? Tu y as emmené Sandra Shearer ?

— Chère Molly, il existe d'autres jeunes femmes au monde, du moins dans le mien, qui n'ont aucun rapport avec ton *idée fixe*. Crois-moi ! Donc Jonathan ne t'a jamais emmenée là-bas ?

— Non.

— Parfait. *Je* vais le faire. Je te retrouverai sur place, ce sera le plus pratique. Ce samedi peut-être... ? Vers le milieu de l'après-midi ? J'arriverai plus tôt pour m'assurer que tout est en ordre. Nous avons un gardien, aussi la maison devrait être habitable. Et la plage, le Sound... Tu verras, Molly, c'est idyllique.

— Et si je ne viens pas ?

— Comment ? – Tu as dit que tu venais.

— Je n'ai pas...

— Ah, mais tu *viens*, Molly. Tu dois arrêter de jouer à ce jeu avec moi. Ce week-end sera notre lune de miel – James et Molly – *sans* la présence de Jonathan, pour une fois. Il ne t'arrivera rien que tu ne désires profondément. Je te le promets. »

Molly se surprend à rire. « Tu n'as pas répondu à ma question, James.

— Si tu ne viens pas ? Si tu me fais cet affront ? Eh bien... tu risques de le regretter, dit James pensivement. Ce n'est pas que je te menace, Molly – je ne te donne pas Danton en exemple – *c'était*, tu le sais, une petite mise en scène. Ne te méprends pas sur mes intentions. Je ne menace jamais ; je n'exerce aucune contrainte. Mais tu regretteras d'avoir agi ainsi… sûrement.

— Oui, répond Molly d'un ton égal, je l'imagine. »

50

Mme Shearer avait dit que c'était une sorte de comédie – on ne sait pas à quel point cela peut devenir sérieux, irrémédiable. *Moi je le sais*, pense Molly Marks.

51

Molly va – ou ne va pas – rencontrer James McEwan comme il l'a exigé.

A-t-elle le choix ?

Si l'homme est fou ou feint de l'être dans sa fourberie… quel choix lui reste-t-il ?

Elle examine le petit revolver à crosse de nacre, elle le soupèse dans sa main. Le garçon qui le lui a vendu a répété plusieurs fois qu'il était « mortel si elle tirait avec intelligence ; le plus près possible ». De loin il n'était pas, l'a-t-il prévenue, d'une précision « absolue ».

Il l'avait chargé avec des balles dum-dum – selon l'expression employée dans le commerce – destinées à provoquer une large déchirure – le « maximum de dégâts ».

Molly considère qu'elle n'aura pas de difficulté à s'approcher.

52

Molly Marks se rend à Narragansett, pleine d'une étrange exaltation – tantôt au bord des larmes, tantôt gagnée par l'hilarité. C'est une journée lumineuse, froide, ventée – qui s'accorde avec son âme, pense-t-elle. Peut-être s'agit-il d'une lune de miel comme autrefois, dans les contes de fées, où la mariée, totalement dépourvue d'expérience, ignorait ce qui allait lui arriver, sachant seulement qu'elle ne pouvait plus reculer.

À cause du soleil mais aussi par stratégie, Molly porte ses nouvelles lunettes aux verres d'un bleu mystérieux. Et sa veste de daim achetée récemment – d'une teinte fauve, d'une coupe élégante, le type de vêtement qu'admire James sur elle. *Molly, quelle classe, comme tu es chic. Une tenue parfaite pour chaque circonstance.*

Depuis ce fameux soir, Molly n'a pas revu Jonathan McEwan, elle ne lui a pas parlé non plus. Peut-être essaie-t-il de l'appeler – elle ne rentre chez elle que pour dormir ; quand elle est là elle décroche le téléphone. Il est vrai qu'elle pense à lui de façon obsessionnelle, comme à une énigme ; comme dans un conte. Elle ne veut pas lui pardonner et elle craint de le faire si elle lui parle. Elle lui sacrifiera Sandra Shearer, bien sûr. Les femmes sont ainsi.

À ses moments de faiblesse elle pense, avec une bouffée d'espoir enfantin, Jonathan *est* bon – il ne peut se comporter aussi cruellement avec un être qu'il aime.

Quant à James – Molly n'a pas encore décidé si elle lui donnera le temps de la saluer, de la toucher, de l'embrasser ; si elle doit risquer, au dernier moment, d'avoir pitié de lui, ou de se laisser entraîner par son attirance perverse à son égard. Devra-t-elle agir avec une grande hâte, de façon pragmatique… ? « C'est de l'autodéfense, James, dit-elle calmement, une simple question de justice. »

Seulement deux cent cinquante kilomètres la séparent de Rhode Island – une distance couverte presque trop rapidement. Molly essaie de se concentrer sur la conduite, sur l'art de parvenir à Narragansett avec le moins de difficulté possible. Comme toujours elle est hypnotisée par la vitesse, par le mouvement de la voiture ; ce sentiment de liberté, d'exaltation, quand personne au monde ne sait où elle est à ce moment précis – ni ce qu'elle fait.

Elle a pris avec elle un sac de voyage très léger, comme accessoire. Le revolver à crosse de nacre se trouve dans son sac à main depuis des semaines, elle s'est habituée à son poids.

Les ailes blanches s'ouvrent dans son cerveau… Peut-être est-ce de l'excitation, non de la folie ; l'exaltation, non la terreur.

Au contraire de l'autre, *elle* ne succombera pas au désespoir ; elle n'a pas l'intention de se sacrifier.

Les indications de James sont d'une précision caractéristique : Molly n'a aucune peine à trouver le cottage des McEwan, au bout d'un étroit chemin de sable. Bien sûr il s'agit d'une superbe maison de Nouvelle-Angleterre qui domine la plage, à un kilomètre de là.

Voici la propriété des jumeaux McEwan, pense Molly. Un lieu hautement romantique.

L'Atlantique est agité, couvert d'écume blanche, le vent est si violent que lorsque Molly sort de la voiture ses cheveux volent autour de sa tête. Le soleil est si éblouissant qu'elle doit fermer les yeux malgré ses lunettes teintées. Le choc de la journée, l'odeur de l'eau, l'apparence de la maison – les six fenêtres vides face à elle, étincelantes de lumière... Elle se sent revivifiée. On dirait une scène de théâtre illuminée, pense-t-elle.

La propriété est à l'état d'abandon : les volets noirs ont besoin d'être repeints et réparés ; le toit de bardeaux, la terrasse couverte, les marches du perron – tout a besoin d'être entretenu. Mais la maison est solide, le terrain vaste, la vue de l'océan splendide. Il y a un garage pour trois voitures sur le côté, perpendiculairement à l'allée de devant : un belvédère en plein vent au sommet de la falaise. Un terrain de grande valeur, pense Molly – quel dommage qu'il soit aussi négligé. Que ses propriétaires l'utilisent si rarement.

La porte d'entrée est restée entrouverte, comme si c'était l'été. « James ? appelle-t-elle. C'est moi, Molly – tu es là ? » Quand elle pénètre à l'intérieur, le cœur battant d'excitation, frémissante, elle ne voit personne ; elle entend seulement une radio en sourdine, qui émet de la musique légère. James ne semble pas être dans la maison ni à portée de voix, mais il y a un énorme bouquet de fleurs – des narcisses, des œillets, des roses – d'une blancheur éblouissante sur une table du vestibule.

Et une carte placée contre le vase : *Molly chérie ! Si je ne suis pas là quand tu arrives, rejoins-moi sur la plage ! J.*

Elle l'appelle encore. Pas de réponse. Elle pose son sac de voyage sur une chaise et s'avance prudemment dans la salle de séjour. Le plancher, recouvert d'un tapis oriental usé, craque sous ses pas. La pièce est éclairée par un soleil violent, aveuglant ; les fenêtres hautes et étroites sans rideaux sont encadrées par des persiennes à mi-hauteur. Par une porte voûtée Molly aperçoit une table et une douzaine de chaises en désordre. Les meubles sont anciens, un peu délabrés mais de qualité. « James ? dit Molly, la voix aiguë. Il n'y a personne ? » Elle est à la fois soulagée et déçue.

Par une longue fenêtre horizontale elle voit l'océan aux vagues turbulentes bordées d'écume, immense comme le ciel. Sous cet angle la baie paraît déserte – à moins qu'à cette distance les formes humaines soient invisibles.

Seule, Molly traverse les pièces du rez-de-chaussée avec une étrange sensation d'autorité. C'est comme un décor de théâtre – ce vide, l'aspect entièrement ouvert. Comme beaucoup de maisons d'été elle comporte des détails particuliers (les boiseries, les tapisseries, la décoration) et elle est aussi terriblement anonyme – comme si au long des années les habitants successifs lui avaient enlevé tout caractère.

Dans la cuisine elle voit un tas de bûches fraîchement coupées ; dans le réfrigérateur, une quantité considérable de nourriture et de boisson – comme pour une célébration. « Non », s'écrie aussitôt Molly, refermant la porte. Elle a durci son cœur, elle ne reculera plus.

Elle se souvient vaguement d'un rêve de la nuit dernière – James l'approchant avec une fausse affection, disant des mots qu'elle ne pouvait interpréter : *Maintenant ! Maintenant ! Il faut en finir !* avait-elle pensé ou dit tout haut, tirant le revolver de son sac et visant directement le visage de James – où était-ce Jonathan – appuyant sur la détente en fermant les yeux pour ne pas voir le regard horrifié de l'homme. Le rêve s'est immédiatement dissous ; devenant un cauchemar parmi d'autres entre les moments d'insomnie.

Molly est sur le point de descendre à la plage pour chercher James quand elle entend un bruit dans la pièce de devant – le craquement d'une fenêtre à cause du vent, le son d'un pas. « James… ? C'est toi… ? » appelle-t-elle. Tremblante, elle va sur le seuil ; elle découvre un chat blanc tapi dans le salon – sans doute vient-il de chez un voisin, et s'est-il glissé à l'intérieur par la porte entrebâillée. C'est un petit chat de moins d'un an, très blanc, soyeux avec des yeux gris-vert lumineux qui la fixent. « Minou ? Qu'est-ce que tu fais là ? dit Molly. Tu es enfermé ? Je vais te faire sortir. »

L'animal s'enfuit, effrayé. Molly laisse la porte entrouverte, considérant qu'il pourra s'échapper une fois qu'elle sera partie.

Elle revient dans la cuisine et quitte la maison par la porte de derrière. Cette partie de la propriété descend abruptement vers la baie ; des marches en bois constituent un escalier précaire. Ici, le sol est sableux, jonché de cailloux et envahi de chardons. Et le vent ! Le vent qui souffle de l'Atlantique ! Molly en a le souffle coupé. Elle abrite ses yeux et voit au loin deux silhouettes qui marchent lentement le long de la plage – l'une d'elles serait James ? Elle se demande s'il y a des voisins en cette période de l'année. Elle ne s'attendait pas à de la compagnie… Un sentiment de péril l'étreint passagèrement.

À part James McEwan personne ne sait qu'elle est là. À part James McEwan personne ne sait qu'elle *le* connaît.

Autodéfense, pense Molly. Elle n'a pas le choix.

Elle reste en haut des marches, abritant ses yeux, regardant les deux formes qui approchent. Jusqu'au moment où elle voit enfin qui elles sont.

Jonathan et James.

James et Jonathan.

Ils l'ont vue aussi ; l'un d'eux agite la main.

Molly chuchote : « *Non.* »

Son premier mouvement est de tourner le dos et de fuir. Mais il est trop tard – les deux hommes l'ont vue. Alors il sait, se dit-elle pétrifiée. Jonathan sait.

A-t-elle aussi rêvé cela ? Rêvé, et oublié ?

Jonathan sait donc. James a dû le contacter. Pour l'amener ici – confondre Molly – la détruire.

Elle glisse la main dans le sac accroché à son épaule, elle touche le revolver. Son contact froid la rassure, sa dureté. Il a la taille d'un jouet mais peut être mortel, il est chargé de six balles et elle a enlevé le cran de sûreté.

Ils la regardent s'engager prudemment dans l'escalier, vêtue de sa veste de daim et de son pantalon de flanelle sombre. Il y a environ trente marches et certaines sont complètement pourries. Et le vent, le vent... ! Il fait voler ses cheveux autour de son visage, il lui arrache des larmes. La descente est périlleuse mais elle commence à se sentir légère, résolue ; comme si enfin elle se trouvait là où il fallait au bon moment.

Elle sent intensément le regard des hommes sur elle – celui qui est à gauche (James ?) la salue de la main et crie une phrase qu'elle n'entend pas, celui qui est à droite (Jonathan ?) marche l'air étourdi comme si ses pieds s'enfonçaient dans le sable mouillé.

Mais l'homme à gauche porte un chandail beige comme celui que Molly a offert à Jonathan pour son anniversaire. L'homme à droite a lui aussi levé la main en guise de salut – ou d'avertissement ?

Molly les attend au pied des marches, la respiration rapide, superficielle. Elle pense : de toute façon ce sera fini bientôt.

L'un des hommes court vers elle ; l'autre l'imite et le rattrape. Deux hommes aux épaules larges, à la tête massive, aux cheveux noirs : la même apparence ou... sont-ils réellement identiques ? Molly ne les a jamais vus ensemble auparavant et elle éprouve pour la première fois ce choc viscéral, cette terreur aussi puissante qu'un coup de pied dans le ventre. Elle se souvient de la peur des jumeaux dans les cultures primitives ; des superstitions – l'un, ou les deux, devait être tué à la naissance. Comment distinguer des êtres pareils ? Comment, sans leur coopération, leur consentement ?

Molly entend crier son nom. L'homme à gauche ? L'homme à droite ? Maintenant ils sont assez proches, elle voit qu'il est impossible de les distinguer – à moins que celui de droite *soit* Jonathan, les joues plus creuses encore que dans son souvenir. Mais c'est celui de gauche qui porte le chandail beige.

L'un crie : « Molly... il m'a tout raconté ! Molly... ça n'a pas d'importance ! » Puis, comme après coup : « Molly, je suis Jonathan... »

Mais l'autre crie avec colère : « Molly, pour l'amour de Dieu... Je suis Jonathan. N'écoute pas...

— ... Je suis Jonathan, dit le premier, le visage contorsionné par la fureur, la douleur... Ne l'écoute pas... c'est sa forme d'humour...

— C'est sa forme d'humour...

— Molly pour l'amour de Dieu. »

Elle reste à les regarder, pétrifiée. L'homme à gauche est Jonathan, n'est-ce pas ? Ou bien l'homme sur la droite ?

C'est extraordinaire, quand Molly regarde l'un des frères il lui paraît évident qu'il s'agit de Jonathan.

Quand elle tourne les yeux vers l'autre, elle est persuadée… absolument… que c'*est* Jonathan.

Les ailes blanches s'ouvrent dans son cerveau, menaçantes… Mais Molly contrôle la situation. Elle pourrait avoir une crise de fou rire, tant la scène est cruelle, absurde, logique aussi.

« Arrêtez, dit-elle. Tous les deux. *N'approchez pas.* »

Molly Marks est debout sur la plage balayée par les vents de Narragansett, au début d'avril d'une année dont elle n'a pas retenu le chiffre, immobile, la main droite cachée dans son sac. Elle attend. Ses yeux vont de l'un à l'autre de ses amants. De l'un à l'autre.

DU MÊME AUTEUR

DANS LA MÊME COLLECTION

DOUBLE DIABOLIQUE

Lorsqu'elle se produit dans des clubs de Las Vegas, Sharon Donner est connue sous le nom de Claire d'Étoile.

Quand elle ne s'effeuille pas en public, elle le fait dans des chambres de motel sordides, à la recherche de l'homme qui l'aimera.

Mais, au réveil, elle tue, laissant pour signature des murs maculés de sang et de symboles sataniques.

Aujourd'hui en fuite, elle trouve refuge chez Lily, sa sœur jumelle, qui ignore tout de son double diabolique…

« Personne n'explore
avec autant d'acuité que Smith/Oates
la noirceur de l'âme humaine. »
Publishers Weekly

ISBN 978-284187-639-6 / H 50-2967-3 / 384 pages / 7,50 €

LE SOURIRE DE L'ANGE

Un visage avenant, un esprit brillant : Colin Ash, vingt-sept ans, recueille tous les suffrages au sein de la haute bourgeoisie de Boston.

Mais chacun ignore qu'il note le détail de ses forfaits dans un registre bleu.

Dorothea Deverell, la veuve dont Colin s'est épris, découvrira que, derrière son sourire d'ange, se cache un être inquiétant…

« Ce roman rappelle les meilleures pages d'*American Psycho*, de Brett Easton Ellis. »
Le Figaro littéraire

ISBN 978-2-35287-148-4 / H 50-6573-5 / 320 pages / 7,50 €

ŒIL DE SERPENT

Lee Roy Sears, reconnu coupable de meurtre et incarcéré dans le Connecticut, arbore au bras un tatouage : un serpent dont les yeux roulent lorsqu'il joue des muscles.

Michael O'Meara, jeune avocat convaincu de son innocence, obtient sa libération après dix ans de prison. Il lui trouve même un emploi et veille à sa réinsertion.

Mais Michael n'aurait jamais dû prendre l'ancien détenu sous son aile. Peu à peu Sears s'immisce dans sa vie. Et une sourde menace commence à planer…

« Un récit angoissant qui explore les plans les plus inavouables d'êtres désaxés et pervers. »

Le Monde

ISBN 978-2-35287-191-0 / H 50-7890-2 /384 pages / 7,50 €

Cet ouvrage a été composé
par Facompo (Lisieux)

Impression réalisée par

CPI
BRODARD & TAUPIN

La Flèche
en décembre 2011
pour le compte des Éditions Archipoche

Imprimé en France
N° d'impression : 66747
Dépôt légal : janvier 2012